薛西弗斯的神話

卡 繆 的 荒 謬 哲 學

ALBERT

L E M Y T H E D E S I S Y P H E

CAMUS

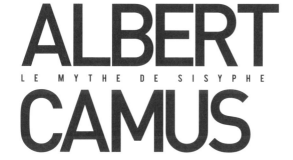

關於卡繆 1913~1960

一九一三年

生於北非法屬阿爾及利亞康士坦丁省蒙多維鎮（Mondovi, Constantine）的一個貧困家庭。父親盧西安．卡繆（Lucien Camus）是一介農工；母親凱薩琳．桑特（Catherine Sintès）有口耳缺陷，是一介文盲。

Albert Camus

La révolte est un confrontement perpétuel de l'homme et de sa propre obscurité. Elle remet le monde en question à chacune de ses secondes.

一九一四年

第一次世界大戰爆發，父親死於馬恩河戰役。隨母親移居阿爾及利亞首都阿爾及爾（Alger）的貧民區與外祖母同住，母親以雜役維生，生活極為艱難。

一九一八年

進入培爾克（Belcourt）公立小學。為了逃避困頓的家庭生活，卡繆專注於課業及學校活動，小學老師路易・傑曼（Louis Germain）發現了他的天賦，為他爭取到高額獎學金，更悉心幫助他通過畢業會考。

一九二三年

進入阿爾及爾中學，依靠獎學金完成中學學業。受恩師柯尼葉（Jean Grenier）賞識與協助。接觸到柏格森與尼采等哲學家的思想，為後來選擇進入哲學系與加入阿爾及利亞共產黨埋下了種子。

一九三〇年

進入阿爾及爾大學（University of Algiers），以半工半讀的方式攻取哲學學位。這段時期的卡繆對戲劇產生濃厚興趣，也開始從事創作。

一九三四年

與希夢娜．海赫（Simone Hié）結婚。開始參與共產黨的政治活動。

一九三六年

完成大學學位，畢業論文題為《新柏拉圖主義和基督教思想》。隨阿爾及爾電台的劇團至各地表演，並成立工人劇院（Théâtre du Travail）。第一段婚姻宣告結束。

一九三七年

因肺疾無法參加大學任教資格考試。加入反殖民主義的《阿爾及爾共和報》（*Alger-Républicain*）擔任記者，報導許多中下勞動階層及穆斯林的疾苦，最終卻導致他不得不離開阿爾及利亞，因為那裡已經無人願意再提供工作給他。

一九三九年

第二次世界大戰爆發，卡繆自願從軍，但因健康問題被法軍拒絕。撰寫許多批評政府政策的文章，並開始寫作《異鄉人》。

L'absurde naît de cette confrontation entre l'appel humain et le silence déraisonnable du monde

一九四〇年

《阿爾及爾共和報》停刊，卡繆轉至法國《巴黎晚報》（Paris-Soir）擔任記者。與鋼琴家法蘭絲‧佛瑞（Francine Faure）再婚。開始撰寫《薛西弗斯的神話》。

一九四一年

目睹德軍處死法國共產黨政治人物與記者卡布里埃‧貝里（Gabriel Péri），決心反抗納粹德國。加入地下刊物《戰鬥報》（Combat），積極參與政治活動。

一九四二年

因發表《異鄉人》而聲名大噪，各種作品相繼問世，享譽巴黎文學圈。以筆代槍，參加地下抗德運動。

一九四五年

二戰結束之際，任《戰鬥報》的總編輯，該報由於其調性與主張，成為新聞界的里程碑。法蘭絲為卡繆生下雙胞胎，但卡繆風流韻事不斷。

一九四七年

轉赴美國。出版小說《鼠疫》，獲得佳評如潮，該部小說象徵人性之惡，也顯示出人在面對降臨於自身的命運時，並非全然無能為力。進入創作高峰期，但身體健康每況愈下。

一九四九年

六月至八月期間，赴南美洲進行巡迴演說。同年八月，為西班牙的難民公開發表一份請願書。

一九五一年

出版《反抗者》。「我想要不斷以寬容的態度來講述真理。」卡繆這麼寫道。這本隨筆集為他招來許多敵視，尤其造成他與超現實主義者以及沙特（Jean-Paul Sartre）之間的決裂。

一九五四年

阿爾及利亞爭取獨立派的勢力與法國開戰，卡繆呼籲參戰雙方保護平民安全。再度加入新聞工作，以筆論戰。

Être privé d'espoir, ce n'est pas désespérer. Les flammes de la terre valent bien les parfums célestes.

一九五六年

出版《墮落》，那似乎是一段幻滅、退隱、孤寂的時期所結出的苦澀之果。《墮落》不再譴責這個讓人無疾而終、使人鬱鬱寡歡的荒謬世界。這一次，罪魁禍首是人性。

一九五七年

十月十七日獲頒諾貝爾文學獎，成為法國當時第九位也是最年輕的獲獎者，獲獎原因是「感謝他帶給人類良知的功績」。這項殊榮不僅表彰他在著述上的傑出成就，無疑也是因為他從未停止對抗一切意欲摧毀人的事物，他始終擎起戰鬥的大纛。

一九六〇年

一月四日於法國小鎮維勒布勒萬（Villeblevin）因車禍意外而喪生，舉世震驚。

作品列表

◎小說

《異鄉人》（*L'Étranger*）（1942）

《鼠疫》（*La Peste*）（1947）

《墮落》（*La Chute*）（1956）

《快樂的死》（*La Mort heureuse*）（1936-1938年間完成，1971年出版）

《第一人》（*Le premier homme*）（未完成，逝世後於1995年出版）

◎短篇故事

《放逐與王國》（*L'exil et le Royaume*）（短篇小說集）（1957）

〈成熟的女人〉（La Femme adultère）

〈困惑靈魂的叛變〉（Le Renégat ou un esprit confus）

〈沉默之人〉（Les Muets）

〈賓客〉（L'Hôte）

〈喬那斯或工作中的藝術家〉（Jonas ou l'artiste au travail）

〈石頭在長〉（La Pierre qui pousse）

◎劇作

《卡里古拉》（*Caligula*）（1938年完成，1945年演出）

Albert Camus

Sisyphe enseigne la fidélité supérieure qui nie les dieux et soulève les rochers.

《誤會》（*Le Malentendu*）（1944）

《戒嚴》（*L'Etat de Siege*）（1948）

《正義之士》（*Les Justes*）（1949）

《修女安魂曲》（*Requiem pour une nonne*）（1956年演出）

《附魔者》（*Les Possédés*，改編自杜斯妥也夫斯基的同名小說）（1959）

◎文集、札記

《非此非彼》（*L'Envers et l'endroit*）（1937）

《婚禮》（*Noces*）（1938）

《薛西弗斯的神話》（*Le Mythe de Sisyphe*）（1942）

《反抗者》（*L'Homme revolte*）（1951）

《夏日》（*L'Ete*）（1954）

《阿爾及利亞評論集》（*Chroniques algériennes*）（1958）

《札記》（*Carnets*）1935/2-1942/2 (1962)、1943-1951 (1965)、1951-1959 (2008)

荒謬感會在任何街角襲上任何人。它赤裸裸地令人難以忍受，它是沒有光芒的光線，讓人無從捉摸。但那種困難本身便值得我們思索。

一個深信荒謬的人只是認為，應該以不偏不倚的態度來思考這些行動的結果。他隨時準備好要付出代價。

CONTENTS

推薦序

為何薛西弗斯是快樂的？

沈清楷

薛西弗斯被諸神處罰，將石頭推到山頂，然後石頭又自動滾下，日復一日。有什麼懲罰比毫無意義的重複、徒勞無功，更能帶來痛苦？這種注定無法逃脫、毫無意義的生命，是否值得活？如果這樣的活著是沒有意義的，為何不去死？薛西弗斯遭受到的懲罰，是讓他活在無意義的荒謬當中，在重複勞動中，不僅吃力地推著那個命運安排的巨石，還有經年累月不斷擴大的無聊，而卡繆建議我們：「必須想像薛西弗斯是快樂的。」這豈不是更荒謬？抑或這是一種荒謬手法的操作，諷刺他所遭受到的痛苦，用快樂詮釋痛苦，讓荒謬更加荒謬？

論文集《薛西弗斯的神話》（1942）在小說《異鄉人》（1942）之後同年出版，剛好處於第二次世界大戰期間，和之後的劇作《卡里古拉》（1944）、《誤會》（1944），共同構成「荒謬循環」。《薛西弗斯的神話》是卡繆對薛西弗斯著名的詮釋，但實際上卡繆對這個故事的闡述只占這個文集的很小篇幅。它的重要在於，一方面，卡繆在二十九歲首度提出了自己的思想，也預示了他作品中「荒謬循環」到「反抗循環」的轉折。另一方面，它呼應著西方對「現代性」的反省，和尼采、海德格、沙特一樣，質疑著西方「理性」，當現代政治、歷史以「理性」之名，散播著許多虛假的意義，而不得不讓人懷疑、直到令人作嘔，才發覺人被無意義的瑣碎勉強地拼湊著幻想的自我與自由，而虛無正滲入日常生活的每一處。

卡繆借助「荒謬」去連結存在哲學、文學的作家，如齊克果、卡夫卡、杜斯妥以夫斯基等，藉由他們去探觸、挖掘人的存在處境：虛無、焦慮、絕望、痛苦等。對卡繆而言，荒謬隨處可見，從道德的虛假、政治的謊言、生命的無常、對永恆的失望、在自己身上莫名而來的惡意……荒謬感看似是不合理、難以忍受的，卻是生命的真實。它不是無意義本身，也不是非理性，荒謬感是意義與非意義之間的衝突，是理性與非理性的對立，用卡繆的話來說，荒謬感來自於一旦人追求意義、召喚著幸福與理性，而世界對他的回應卻是「無理的沉默」。荒謬感生於這種衝突與無解的矛盾對立，而人在內心充滿期待與令人失望的世界中被撕裂著。

荒謬感的出現，就是發現了「應該要有意義的生命，卻是無意義的」，但是，荒謬感並不屬於那些活在無意義中毫無感覺的人，因為他們早已將無意義當作意義，無視於荒謬而表現出無所謂的態度；荒謬感亦不屬於對意義毫無興趣的人，對他們而言，荒謬感則是多餘的，甚至可能用自身的荒謬指責他人的荒謬。

荒謬感是「屬於那些追求意義的人」，當他發現自己的生命是有限的、自身的處境並不自由，荒謬感反而帶有一種意識上的清醒，讓人脫離一種蒙昧的快樂，睜大眼睛面對生命荒謬的痛苦。荒謬的出現在於它意識到：「怎麼會這樣？」因為無能為力解決巨大的疑惑，人被存在的衝突感所撕裂，當想要清醒地面對荒謬的存在，企圖在無意義中尋找意義，想掙脫宿命的無意義時，卻一再陷入更深沉的絕望中；既然絕望是必然的、希望是不可能的，追求希望不正是荒謬的表現？難道，絕望就因此是有意義的？絕望面對無意義的無能為力，我們卻又賦予其意義，這又是多麼自相矛盾，思索絕望的意義，可能只是陷入更深的絕望中，而一旦人試圖賦予絕望意義，再度證成了荒謬，終究只能在無意義中荒謬地永恆輪迴著。

看來毫無出路。我們是否用了更巧妙的蒼白論證，塗抹在荒繆之上，而非面對它？如果荒繆是帶有苦楚的清醒，荒謬感所喚醒不會只是自戀地滿足於對無意義的挖掘，或是荒謬地構作一個無意義的世界，好讓自己可以安穩並痛苦地活在自憐當中。荒謬感拒絕悲觀地被自己否定的東西所否定，拒絕簡單推論迴避自己：「因為」荒繆，「所以」人生不值得活；「因為」荒繆，「所以」要死……荒謬無法藉由「因為——所以」進行思想的跳躍。

荒繆作為存在的事實，對卡繆而言，荒謬感是意識到荒繆的真實性，是自身存在感的起點，而並非終點，如何面對生命的荒謬才是重點。這就是我們為什麼必須跟隨著卡繆，一起「想像」薛西弗斯是快樂的。

如果生命注定是無意義的，沒有出路的，薛西弗斯不願意預知了可能的懲罰或不幸，就任由生命索然無味。悲劇英雄展現出一種生的意志、快樂的反抗、自由的追求。是否可以想像薛西弗斯將死神綁在冥府，有多麼的快樂？薛西弗斯深知要付出代價，或許可能的懲罰在行動的一開始就注定了，但這無法阻擋他體驗生命的甜美、活出生命的可能、展現生命的熱情。只有自由的追求，才是對抗宿命的荒謬唯一的方式。預知宿命的不幸，無法否定它生的快樂。

如果那塊被推上山的巨石，象徵著薛西弗斯的痛苦／重複的無聊，他所背負的痛苦並不是他自己的，這是他人加諸於他身上的痛苦，正一點一滴侵蝕他的意志。諸神希望薛西弗斯在荒繆中痛苦著，並企圖讓薛西弗斯認為這就是自己的痛苦。不過，他是清醒的，因為他深知他既是痛苦，卻不能把痛苦視為是他生命的一部分。他承受的只是肉體的痛苦，卻非意識上的痛苦。他清醒地意識到：痛苦的真實來自於他人在自己身上具體的壓迫；痛苦的虛假則在於把這種他人加諸的痛苦當作源生於自身的、本質的痛苦。

我們試圖去「想像」他的快樂。諸神的惡意就是要他痛苦，甚至要薛西弗斯快樂地肯定加諸在他身上痛苦。作為一個悲劇英雄，他不會將諸神對自己的剝削，視為正當，而「樂在工作」；他的快樂，不是奴隸意志的快樂，屈服後，自我合理化的快樂；他也沒有被虐人格，從屈服壓迫者，到向壓迫者懺悔自己的不是，然後同情、讚美壓迫者，最後，荒唐地將他人加諸自己身上的痛苦當作生命的意義與救贖。而重頭到尾，薛西弗斯就帶著反抗的快樂，在意識上展現自由意志，以及對生命的肯定。

從薛西弗斯的結局來看，他的自由是否只是幻想？意識上的清醒是否足夠擺脫宿命？還是另一種自欺？悲劇英雄不是結果論者，也拒絕生命無意義的投機，而投入安穩而沒有過程的生命。就卡繆的作品來看，透過荒謬感而產生意識覺醒，還只是「個人」的，只有對抗不義的「反抗」，為了共同價值而奮鬥，才將自我與他人連結起來，這是卡繆之後的《反抗者》（1951）所思索的事情。但是，如果集體的反抗是可能的，個人的意識覺醒必須是前提。意識清醒是對無奈現狀最基本的反抗，拒絕在荒繆的創造性模糊中渾渾噩噩。

薛西弗斯看著石頭滾下山，變成了石頭時，我們變成了薛西弗斯，我們朝向石頭走去之際，陰暗濕冷冥府中重複、無聊勞動的痛苦折磨，無礙於意識的清醒、心中的自由：大地的芬芳、天空的浩瀚、海洋令人目眩的變化，以及陽光在皮膚上的熱度。

本文作者為比利時魯汶大學哲學博士，輔仁大學哲學系助理教授

推薦序

有荒謬，才有反叛！

南方朔

如果要論近代思潮，很多人都會承認，發軔於兩次大戰之間、在第二次大戰後壯大的存在主義可能影響最大。以前的思想家，不論國家或派別，主要都是在探尋一個普遍性的真理，那是「理性主義的大時代」，但兩次大戰的經驗卻顯示了這種普遍理性反而走到了不理性的方向，於是人們的思想遂開始轉向，開始關切人的實存狀態、生命的主觀感受、理性的弔詭、人類的悲劇宿命、人類的終極主體性等問題。存在主義替哲學打開了一條新的出路，哲學不再是專業哲學的禁臠，而是一種對生命的態度。哲學開始進入文學藝術和影劇，也開始進入了咖啡館，它造成了整個時代精神的改觀。

在存在主義發展的過程中，卡繆所著的這本《薛西弗斯的神話》，無疑具有一種定音的帶頭作用。卡繆並不是專業的哲學家，他是北非法屬殖民地阿爾及利亞人，在阿爾及利亞的經驗使他很早就洞澈了理性主義的荒誕虛假，於是他對生命的熱情使他走向了反叛的道路。但卡繆所說的反叛，並不只是政治社會的反叛，而是更加本質性的反叛。他把反叛的概念拉高到了生命哲學的層次。理性是欠缺的，世界是荒誕的，生命是荒謬的，而人類已無處可去、無路可逃，只有義無反顧走向世界，去和命運碰撞。人唯有在悲劇性的實踐過程中，才可以從碰撞的火花中照亮自己。存在主義的思想就是在卡繆和沙特的帶領下，使它走向現代實踐哲學的新方向。可惜的是，卡繆和沙特這對夥伴後來因為意見不合而鬧翻，成了近代人文思想界最大的公案之一。但無論如何，卡繆和沙特都屬二十世紀新人文主義的代表。

如果我們反省人類思想的演化，從神權到理性主義時代，人們都認定了有一種全稱式涵蓋了一切的範疇，可以形成一種定義的秩序，但真實存在的世界顯然不是這樣的。於是到了二十世紀，思想家們遂開始轉向，不再把理性視為顛簸不破的範疇，且開始懷疑「凡存在即是合理」的假設，而往人的意識、心理、主觀的生命情境及感受、非理性現象，以及生命的動能等方向轉移。二十世紀的哲學現象學、尼采哲學等都已透露出這種轉向的痕跡。而到了存在主義的興起，這種轉向才開始表面化並通俗化，形成了新的時代氣氛。而存在主義之所以發展快速，則和它的主要領航人並不是學院哲學家，而是文學家、散文家，甚至表演藝術家有著密切的關係。正因他們不是專業的哲學家，才可能用直觀的方式，以優雅的散文掌握到生命哲學的本質，提綱挈領、動人肺腑。卡繆的《薛西弗斯的神話》之所以對存在主義有一種定音的作用，並廣泛的被視為形同存在主義的一則宣言，道理在此。

人們都知道希臘神話裡薛西弗斯的故事，他因為忤逆了天神而受到懲罰。他必須永遠推著巨石上山，但到了山頂，當大功告成之際，巨石就立刻滾落山下。他必須周而復始做著這樣的動作。薛西弗斯的神話究竟有什麼喻意？它是忤逆和懲罰的原型？是人生徒勞的悲劇寓意？或者就是一則壯烈的史詩？但卡繆卻不這麼以為，他在這篇文章的最後一段說：「但薛西弗斯展現一種更高的忠誠之心：否定諸神，扛起巨石。他也認定一切都很好。這個此後再沒有主宰的宇宙，對他來說既不荒瘠，亦不徒勞。組成那顆石頭的每個微粒，幕色籠罩的山陵的每片礦岩，它們本身便是一個世界。朝向山頂的戰鬥本身，就足以充實人心。我們應當想像薛西弗斯是快樂的。」

因此在這本《薛西弗斯的神話》中，薛西弗斯的故事只是最後的結論和注腳，它真正在談的，其實是卡繆的荒謬哲學和反抗哲學。世界是荒謬的，生命也有太多矛盾，那就是人的實存狀態。卡繆不像齊克果和雅斯培等有神論存在主義者，他不想透過信仰的跳躍，跳回到上帝的懷抱，用上帝的力量來化解人生的荒謬壓力。在這個上帝已不存在的時刻，人們只有踽踽獨行，去蔑視人生的荒謬。卡繆在這本書裡是藉著討論荒謬、克服荒謬，在催生一種新的英雄主義，那就是人被荒謬所照亮！這也是他的反抗哲學之奧義。

因此對於這本卷帙不大，但有劃時代意義的散文體哲學著作，我們實在需要再三精讀反芻，然後我們才可能進到那顆偉大的心靈中！

本文作者為知名評論家

推薦序

在無盡的黑暗與絕望中，或許希望就隱藏其中

謝哲青

面對荒誕謬誤的世界，庸碌、無意義的生活日常，我們是不是能夠誠實地面對自我，勇敢地迎向命運。還是只能隨波逐流，做一個單向度的人？

阿爾貝．卡繆（Albert Camus）一九一三年出生於北非法屬阿爾及利亞的貧農家庭，出生不久，父親就被徵召入伍，參與第一次世界大戰後身亡。這位未來的諾貝爾獎得主，成長過程相當艱辛，做過許多雜役苦工，之後卡繆又經歷了第二次世界大戰與殖民地暴動，面對二十世紀兩次毀滅性的兵燹巨禍，對他的思想有深刻轉化及影響。

卡繆的創作大多以三段的奏鳴曲形式發表：小說、哲學隨筆與劇本。卡繆

的核心思想，在於從精神上反抗無可避免的荒謬，這個觀點在一九五一年出版的文集《反抗者》中表露無遺，卡繆從來不從「偉大」與「崇高」中探討生命，而是從「人」的生存情境去觀看，從歷史殘酷的循環中揭露，所謂的「反抗」，並非形而下、物理性的對抗，而是採取非暴力的精神能量去深化「反抗」及「存在」的意義。同時代另一位傑出的思想家沙特（Jean-Paul Sartre），強調個人的自由意志與抉擇，是面對荒謬可採取的手段之一，而卡繆反而強調苦難中的幸福。

不過要理解卡繆的思想價值，就必須了解他眼中的「荒謬」是什麼。一七八九年法國大革命以後，歐陸流行黑格爾及馬克思式目的論的歷史主義，這種哲學思潮相信歷史有一種看不見的理性規律，世界上所發生的一切，都朝著某種有意義的目的前進，即使在歷史行進的過程中充滿不公、殘酷與苦難，就終極神聖目的而言，所有的不幸都微不足道。歷史主義目的論者深信歷史本身就是啟示，一切的意義於抵達終點時皆會顯露。卡繆通過作品，揭露掩蓋在歷史合理性下的虛假，歷史主義所預設的虛幻目的，在他的眼中，除了荒謬，還是荒謬。

於是，所有的一切……世界、歷史、國家、政府、社會與其所創造，終將歸於荒謬，對於汲汲營營追求意義的人來說，面對荒誕無常的生活，「存在」這件事勢必充滿屈辱、停滯、猶豫與衝突，最終，人對於「存在」無感，或是絕望，只能選擇麻木不仁、行屍走肉的苟且，或是走上反抗，在反抗的否定中肯定自我與存在。

米蘭 昆德拉（Milan Kundera）小說《無謂的盛宴》（*La fête de l'insignifianc*, 2014），正呼應了卡繆的哲學觀點：所有形式的反抗都有價值。人從生活日常中，清醒地覺察生命的荒謬，拒絕消極的逃避背離，進而接受荒謬，起身反抗。從人的角度理解，我們要勇敢面對生命的不合理；以群體的角度切入，正視無理及不公，堅定地拒絕獨裁、貪腐、瀆職，甚至是目前社會普遍歡迎的「小確幸」，都是卡繆哲學著眼所在。

完成於一九四二年的《薛西弗斯的神話》（*Le mythe de sisyphe*），正是我們理解卡繆思想從認識荒謬到接受無意義、反抗荒謬的重要著作。當被眾神之王宙斯永罰制約的薛西弗斯，日復一日、年復一年地執行苦役，將巨石推至山頂，然後連人帶石的滾回山腳；卡繆卻要我們想像：「薛西弗斯是快樂的！」卡繆通過哲學設計，用快樂來諷刺無止境的磨難、沒有成果的徒勞，嘗試合理化不合理的荒謬，因而在書中，荒謬被提昇到制高點。不過也在這不合理中，薛西弗斯勇敢而堅定地保持信念，以行動抗爭，寧可奮力向上，努力迎向青天與陽光，而非瑟縮地躲在黑暗的谷底自怨自艾。薛西弗斯角色的隱喻，正是有深度、有自覺的反抗者。

通過《薛西弗斯的神話》，讓我們學會在拒絕荒謬後，仍在行動中堅定信念，唯有熱情地反抗，在無盡的黑暗與絕望中，或許，希望就隱藏在其中。

本文作者為作家、節目主持人

導讀

一個不願逃避也不願低頭的青年的吶喊

徐佳華

《薛西弗斯的神話》是卡繆對荒謬感受的思考與回應。年方二十三，當其文思之路才正要展開之際，卡繆便在筆記中記錄下其欲書寫一本關於荒謬的哲思作品之意圖。然而，對於荒謬之思考，所自何來？

除了第一次世界大戰後籠罩人心的低迷氣氛外，卡繆的個人經歷和對當時社會的細微觀察，亦是使得荒謬主題成為其思想作品起始點的關鍵。貧困的家境，寡言的母親，青少年時期便染上當時無法治癒的肺結核症，使得他必須放棄熱愛的足球，無法從事教職，二戰時欲自願從軍亦因健康因素遭到拒絕，更不時得與死神拔河。除此之外，和現今數不清的如同《異鄉人》主角的你我一樣，當時的卡繆也切身感受到為了微薄薪資勞心勞力，好不容易週末稍微喘口氣，又要再次繼續打轉的無限迴圈，期望著看不見去向的未來。另外，他的第一段婚姻以離婚收場，以及從事記者工作所親眼目睹的人民困境與荒謬司法，凡此種種都匯為他思考荒謬的實證養分。

從理論層面來說，卡繆以本身的哲學訓練背景及對各家存在哲學的批判思考，配合以文學、戲劇與歷史等方面的經驗知識，形塑出他的荒謬論述。必須強調的是，卡繆並不以哲學家自居，雖然這部作品援引了數位哲學家及論點為討論對象，但其根源卻深紮於現實生活感知的土壤，其中心思想和質問，更是屬於具體的範疇，攸關找到如何行動和如何自持的方式，而非意圖建立一套形上及抽象的智識系統。他似乎預料到後人對他的可能誤解，開章明義便指出本書非關當時不存在、他也無意宣稱的「荒謬哲學」。若以一言蔽之，《薛西弗斯的神話》是一個不願逃避也不願低頭的青年的吶喊（文稿完成時卡繆還不滿二十八歲），向著內心同時對著世界，懷抱滿滿的勇氣與絕對的誠實，既冷靜又熱切地嘗試釐清荒謬感的來源、剖析其各個層面，並由此找尋面對它的方式。

卡繆認為荒謬感來自期待與真實兩者之間的差距。世界若單獨存在，它並不荒謬，人若單獨存在，也不荒謬。可是人必然活在世界中，而理解所處世界是人與生俱來的本能欲望和根本需要，荒謬感即來自未提供解答的世界和渴望答案的人的共存交會。因此，並非所有人都必然感到荒謬，只有當他問起「為什麼」，也就是對自我存在有了意識，開始企圖去追根究柢的時候，一種無以名狀的陌異感才隨之而生。人與世界的關係也在此時由原本的渾沌不分到分化剝離，如同自伊甸園墜入世間的亞當夏娃，有意識之人千方百計重回天人合一狀態而不得復返，抑或像粉墨登場的演員突然對眼前舞台感到陌生抽離，再也無法忘我入戲。不知所為何來、向何處去的疑惑，碰上「問天天不應，問地地不語」的靜默，在全知全能之神因西方理性啟蒙精神高漲而漸漸式微的趨勢下，成為人們愈益急切的焦慮。然而透過理性來理解世界，眼前開展的卻是無法完全以理性駕馭的他者。正因如此，在哲學、道德、文學及宗教各方面都能看到在科學理性與宗教秩序的拉扯下，探尋如何面對此荒謬感的嘗試。

卡繆的文思作品第一階段，即荒謬階段，也是此脈絡下的一個回應。它所設定的前提，亦即卡繆荒謬論述的核心，在於認知到人之有限，並拒絕以任何方式迴避或忽視這個有限性。受病痛所苦的卡繆明白生命隨時可能被死亡完全剝奪，而他深愛的只有眼前這個具體而可觸可感的大地人間。唯有在肯定死亡是人唯一可能的未來時，才能真正認真看待我們正活著的、有限的且是唯一的生命。因此他只承認現世，他關心的是在不將生命及其意義寄託予神或任何超脫於人之侷限的前提下，如何用人的維度，並且也只用人的維度，來找到面對人之處境的行為方針。

為此，卡繆帶著我們一步一步地舉例、分析、辯證，既充滿理性又合乎邏輯。我們近身跟隨他的分析進程，參與每一條路徑的探尋，一起佇足於這一套思路中的每一個停頓。他對問題抽絲剝繭，論理環環相扣，從自殺到人生有無意義出發，繞經存在哲學家們的不同立場並一一予以回應，也不忘交代思索過程中他所面對的某些選擇或考量，而其雙腳則堅實地踏在具體經驗上。

本書第一部分從自殺破題，提出理論性的問題與論證：如果人生是荒謬的，人該不該自殺？自殺是否為荒謬的解決之道？而如果人生沒有意義，是否就不值得活？接著，作者由日常生活經驗切入，探索荒謬感的根源，列舉當代存在哲學家的對應，並由荒謬感的描述轉至荒謬概念的討論。荒謬的兩個必要條件，在於人欲理解自身與所處環境的渴望，以及非理性世界對此渴望的噤聲，兩者缺一不可。無論是放棄理性選擇宗教或藉由超越現實來逃避，甚至宣稱世界僅為人之理性所能理解之貌，皆是在人與世界組成的荒謬等式中移除其中一個變數，實則都在逃避荒謬的前提，但此前提一旦不成立，這場論證便屬無效。由此，卡繆點出荒謬即是清楚理性之限度，荒謬之人接受自身的有限，並在此有限之內將自己在精神上與行動上的自由都發揮到極致，全力地、大量地活。唐璜、戲劇演員、征戰者和創作者都是這種荒謬之人的絕佳範例，他們在有限時空中追求無限可能，全心投入燃燒當下，打造消蹤即逝的王國，同時不寄望於永恆；正因明白死亡是人的終點，才更能一心一意地專注於活出豐富精采的此刻。卡繆最後以遭天神懲罰必須不斷推大石頭上山，但一旦到達頂點石頭又會滾落山腳而必須重新來過的薛西弗斯為荒謬之人的代表：他的荒謬與他的力量，在於明知總將徒勞無功卻能坦然接受，並在過程中將苦難轉為幸福的可能。

這部書使得卡繆很快並長久地被歸類為存在主義哲學家，並與存在主義代表人物沙特聯結在一起，儘管卡繆曾多次聲明他既非存在主義者亦非哲學家。認真的讀者自然能清楚看出卡繆即使不缺以理性邏輯為批判方法，其目的卻不在建立一套完整封閉的哲學系統。思考人在當今世事中的行為準則與自處方式，才是他最關切的事。至於沙特的存在主義，套句卡繆的話——並不因為我們說世界是荒謬的，就是接受存在主義；否則，根據在地鐵裡聽到的乘客對話，我們可以說他們之中有百分之八十的人都是存在主義者了。

《薛西弗斯的神話》和卡繆的作品思想由荒謬出發，其方向和終點卻絕非絕望，也反對任何形式的逃避閃躲（自殺即為其中之一）。這意謂的更是反抗，是對現世的愛與執著、對當下生命的擁抱與珍惜，和對眼前所知所感之世界無可平息的歸屬感與鄉愁。承認有限，因此更能以自由和熱情將有限發揮至極致，人的唯一目的便是回歸於人，荒謬於是成為正向力量。卡繆在荒謬之後的思想與作品，更由薛西弗斯所象徵的個人反抗擴展至群體的共同反抗，至此，卡繆的思想真正與沙特以歷史取代上帝的存在主義有了明確的分界。闔上《薛西弗斯的神話》，我們明白旅程才正要展開。

本文作者為中央大學法文系助理教授

卡繆自序

對我而言，《薛西弗斯的神話》標示著一種思想的開端，後來我在《反抗者》中持續探尋。它嘗試處理自殺的問題，正如《反抗者》處理謀殺的問題，兩者皆無涉永恆的價值，而或許這種價值在當代歐洲暫時是沒有的，或者已被扭曲。《薛西弗斯的神話》的基本主題是：思考生命是否有意義是正當且必要的，因此面對自殺的問題也是合理的。潛藏與浮現在許多矛盾背後的答案是：即便一個人不相信上帝，自殺仍屬不當的。本書寫於一九四〇年，早於這篇序十五年，在法國與歐洲的浩劫下，本書表達出儘管受虛無主義所限，還是有可能找到超越虛無的方法。在那之後，我所寫的內容都試著朝這個方向前進。雖然《薛西弗斯的神話》提出了一些致命的問題，但它對我而言是一份理智清明的邀約，要我在這片荒漠中生存與創造。

編按：卡繆是在一九五五年執筆此序，主要為本書的美國出版提供說明，因有助理解其寫作脈絡，故加以收錄於此。

因此這個哲學論證確實有可能發展出一系列論述，這是一種我未曾停止筆耕的方式，或許也能作為我其他作品的注解。它們以一種較為抒情的方式，描繪了從接受到否定的根本動搖，而我以為，這便定義了藝術家和他艱難的使命。本書的集結，正是冷靜與熱情交替的反思，也可以作為藝術家生存與創造的理由。經過十五年，書中一些主張已有進展，但對我而言，我的立場始終如一。這也是為何本書在某種意義上是我在美國的出版品中與我個人最為相關者。因此，它比其他書更需要讀者的探討與理解。

荒謬的推理

哦，我的靈魂啊，它不企望永生，
但求窮盡生命的每一個可能。
——品達（Pindare），《特爾斐競技會頌歌》（*Pythique*）第三首底下的篇幅將討論當代隨處可見的荒謬感，而非闡述嚴格來說我們這個時代尚未了解的荒謬哲學。因此，我首先要表明，本書受惠於當代的某些思想家。通篇可見引自他們的論述與對他們的評論，對此我無意掩飾。

同時有必要提醒讀者，荒謬迄今皆被視為是一種結論，但在本文中卻是作為論述的起點。就此意義而言，可以說我的評述容有不確定性，不能預斷它所採取的立場。在此只能見到對於一種智性的苦痛的純粹性描述。無涉任何的形上學或信仰。這是本書的侷限之處，也是唯一的成見。某些個人的經驗促使我必須澄清這一點。

荒謬與自殺

真正嚴肅的哲學問題僅有一個，那就是自殺。判斷人生值不值得費力去活，就是在回答這個哲學的基本問題。而其餘的論題，比如世界是否有三度空間、心智是否擁有九個或十二個範疇，都是次要的。這些問題都是遊戲；我們首先必須作答。假使如同尼采（Nietzsche）所說的，哲學家為了贏得尊敬必須以身作則，那麼我們便理解回答的重要性，因為它將帶來決定性的行動。這些問題是我們的心明顯可感的事實，不過必須深入探討才能讓它們在理智上變得清晰。

假使我自問，如何判斷哪個問題較為重要而迫切？我的答案是，依據問題所引發的行動而定。我從來沒見過任何人為了本體論的論證而死。伽利略（Galilée）曾經主張一個重要的科學真理，可是一旦這個真理危及他的生命，他旋即輕易放棄了它。在某種意義上，他這麼做是對的。那個科學真理不值得他賭上生命。究竟是地球繞著太陽轉，或是太陽繞著地球轉，說起來極其無關緊要。它確實是個無足輕重的問題。另一方面，我卻見到許多人因為覺得人生不值得活而輕生。我還見到其他人尋死的原因正是種種給予他們生存理由的想法或幻覺（生的理由亦是死的絕佳藉口），實在矛盾。所以我認為，生命的意義是最重要而迫切的問題。如何給出答案呢？就所有根本的問題而言（我指的是那些可能讓人想要尋死或讓人懷抱生命熱情的問題），大概只有以下兩種思考方式：「拉巴利斯」式（La Palisse）與「唐吉訶德」式（Don Quichotte）。[1]唯有在實證與熱情之間取得平衡，我們才能同時求得情感與理智清明。對於如此尋常又充滿情感的問題，學究式的古典辯證法應該讓位給一種較為平實的、出自常識與同理心的思考態度。

自殺向來只是被視為一種社會現象來談論。相反的，在此我們首先便要談論個人的思想與自殺的關係。自殺這樣的行動，如同一部偉大的著作，是在心底深處慢慢醞釀的。甚至當事人本身也不知道。某個晚上，他就開了槍或一躍而下。我聽說一名房地產商人自殺的事情：五年前他失去了女兒，自此以後他整個人性格大變，喪女之痛逐漸「啃蝕」他。再也找不到更準確的字眼了。開始思考便開始啃蝕。這些意念的滋長與社會沒有多大關係。蠹蟲是長在人的心底，必須從那兒去尋找。我們必須了解這個使人從清醒面對存在到遁入無光之

1 編按：拉巴利斯（La Palice, 1470-1525）是法國貴族與軍官，取自其名與典故的Lapalissade一詞，在許多語文裡有自明之理、常識之意。唐吉訶德則是西班牙作家塞萬提斯的小說主角，幻想自己是個騎士，最終從幻夢中醒來。

境的致命遊戲。

自殺的原因甚多，最顯而易見的理由往往不是最有力的。自殺很少是經過深思熟慮的（但不排除真有這樣的案例）。是什麼引起了這樣的危機，幾乎總是很難證實。報章上經常提及「抑鬱而終」或「久病厭世」。這類的解釋有其道理。但我們也應該要知道，事發當天自殺者的某個友人是否曾經冷言以對。那個人便是罪人。因為那可能就足以將所有懸著的怨恨與厭倦，一舉推向死亡的深淵[2]。

然而，倘若難以確定那精準的一刻，也就是心智選擇尋死的幽微路徑，那麼從行為本身去推論它所隱含的結果，倒還比較容易些。在某種意義上，如同在通俗劇中所搬演的，自殺是一種告白：承認自己已經被人生擊敗，或不再理解自己的一生。我們毋須太過著墨於這種類比，還是回到日常的用語。那不過是承認，「人生不值得活」。當然，生活從來就不容易。日復一日做著生存所要求的動作，原因很多，首先便是習慣使然。而自願赴死意味著，你已經（甚

2 讓我們利用這個機會指出本文的相對性質。自殺的確也可能與一些更為可敬的考量有關。舉例而言，在中國的革命時期，曾發生抗議式的政治性自殺。

至是直覺地）承認這個習慣的可笑性，承認自己喪失所有深刻的生存理由，承認汲汲營營實屬荒誕，承認自己的受苦毫無意義。

那種讓心智無法有片刻休息的難以捉摸的感受，究竟為何？一個能夠解釋的世界，即便是不好的理由，還是我們熟悉的世界。相反地，身處在一個突然失去了幻想與光明的世界，一個人會覺得自己像個異鄉人。他的放逐無藥可救，因為他被奪去了對故鄉的記憶，或者是對應許之地的希望。這種人與生活的離異（divorce），演員與場景的離異，正是荒謬感。任何曾經想過自殺的健康人，毋須多加解釋就能看到這種荒謬感與求死的直接關連。

本文的主題正是荒謬與自殺的關係，以及在怎樣的程度上，自殺是荒謬的解決之道。原則上可以假定，對於一個誠實的人來說，他信以為真的事物必然會決定了他的行動。如果他相信存在是荒謬的，必定會有所行動。我們可以合理地揣想，清楚且並非無病呻吟地設想，這麼重要的一個結論，是否會讓人覺得必須盡快放棄一個難以理解的狀態。當然，此處所指的是那種準備言出必行的人。

明確來說，這個問題看似簡單卻又無解。但不要誤以為簡單的問題會帶來同樣簡單的答案，顯而易見的事實會以顯而易見的事實為前提。就像是一個人是否要自戕這個問題，不論自原因推及結果或者把問題倒過來，在哲學推論上似乎只有兩種答案：是或否。這樣未免太容易了。但我們必須允許那些沒有結論的人繼續探問。在此我開玩笑地說：是大多數的人。我也看到那些回答「否」的人，行為表現卻像是想著「是」。事實上，如果採用尼采式的判準，那麼這些人無論如何都想著「是」。另一方面，那些自殺的人卻經常是深信人生的意義。這樣的矛盾確實存在。甚至可以說，在邏輯如此重要之處，矛盾也愈顯強烈。若比較哲學理論和信仰這些理論者的行為舉止，便會發現這是常見的現象。然而，必須指出，在那些否定人生意義的思想家中，除了文學作品裡的基里洛夫（Kirilov）[3]、傳奇故事中的派里格利諾斯（Peregrinos）[4]，以及屬於假說的居勒・勒奇耶（Jules Lequier），沒有人會至死堅持他的邏輯。叔本華經常被引為笑柄，因為他曾在滿桌佳餚前讚美自殺。但這並無可笑之處。沒有嚴

3 編按：杜斯妥也夫斯基的作品《附魔者》（*Les possédés*）中的英雄。

4 我聽說有名戰後的作家，模仿派里格利諾斯，在寫完自己的第一本著作後就自殺身亡，以博取世人對他作品的關注。他的書果然受到了注目，卻被認為是本劣作。

肅看待悲劇並非如此嚴重，它有助於判斷一個人。

面對這些矛盾與難解，難道我們必須說，一個人對生命的看法與他輕生的舉動之間，沒有任何關係？對此我們不必過度解讀。在人對生命的依戀中，存在某種比起世上所有災禍還要強韌的東西。肉體的判斷不亞於心智的判斷；當死亡迎面而來，肉體會退縮不前。我們在學會思考的習慣以前，已經先被生存的習慣所影響。朝向死亡的進程中，肉體始終都是走在最前面。總之，有關這個矛盾的本質，存在於我所稱的「逃避」（esquive）的行為中，它就像是帕斯卡（Pascal）式的「消遣」（divertissement）。[5]逃避是不變的遊戲。典型的逃避，亦即構成本文第三個主題的致命的逃避，就是希望。對於一個人「應得」來生的希望，或是懷抱著虛而不實的想法，比如有人不為此生而活，而是為了某種超越人生、使人生昇華、給予人生意義、扭曲人生等的偉大理念而活。

這一切都讓問題更難以釐清。走筆至此，在文字上的推敲琢磨，與假裝相信「不承認生命具有某種意義，勢必使人宣稱人生不值得活」，這樣的作法並

5 編按：帕斯卡（Blaise Pascal, 1623-1662），法國科學家與思想家。在其《思想錄》中闡述人生的意義，包括冷漠之愚拙、消遣之危險、懷疑論等等。

非徒勞無益。但事實上，在上述句子的兩個判斷間，並沒有必然的共同標準。一個人只要別讓自己迷失在種種混淆、分別與矛盾的說法中就好。應當排除所有阻礙，直探真正的問題。由於人生不值得活而自殺，這誠然是個事實，卻毫無用處，因為那不過是陳腔濫調。然而，這個對存在的羞辱，這個使存在滅頂的否認，是否真的是因為存在毫無意義？難道存在的荒謬需要一個人藉由希望或自殺來逃避它？此即重點所在，必須撥開一切迷霧加以探問與闡明。是荒謬支配死亡嗎？這個問題必須先於一切思想方法與理智的運作。所謂「理性客觀」的人總是可以將各種不同意見、矛盾與心理學導入問題中，但這樣的作法對這個問題的研究與探索全無用武之地。它只需要一種說起來並非不偏不倚的思考方式，亦即邏輯的思考。這並非易事。行事合乎邏輯很簡單，但要從頭到尾堅持邏輯幾乎是不可能的。親手了結自己性命的人，正是這樣自始至終依循著自身的情感傾向。對於自殺的思索，讓我有機會提出唯一令我感興趣的問題：是否存在一種可以持續至死的邏輯？這一點我無從得知，除非我僅根據實證，不帶鹵莽的熱情，繼續我在此處探索的推理方式。這正是我所謂的「荒謬的推理」。許多人已經開始運用這種思考方式。但我不知道他們是否能持續下去。

卡爾・雅斯培（Karl Jaspers）主張世界不可能成為一個統一體，他說：「這樣的限制導致我回到自我。在自我之中，我不再躲藏於我所代表的某個客觀觀點後面；在自我之中，無論是我自己本身，或是他人的存在，皆不再能成為相對於我的客體。」繼眾人之後，他同樣提及了思想瀕臨絕境的乾涸沙漠。他確實是繼眾人之後，不過有多少人急著離開那裡啊！許多人走到了思想躊躇猶豫的最後十字路口，甚至是卑微無名的人。然後這些人放棄了他們最珍貴的東西，也就是他們的生命。其他人，比如一些思想界泰斗，也放棄了，不過他們所進行的是思想的自殺，最純粹的反抗形式。真正的艱難嘗試反而是盡可能待在那裡，就近端詳這個遙遠地帶的奇花異草。韌性與聰敏同為這場非人（inhumain）劇目的座上賓，舞台上則見荒謬、希望與死亡的對話。在這場基本又微妙的舞蹈中，心智可以先分析這些角色，然後說明它們，並在自己心中重新上演。

荒謬的高牆

深刻的感受一如偉大的作品，其含義總是多於表達出來的內容。心中經常出現的衝動或反感會表現在行動或思考的習慣中，也會再現於心靈本身毫無所悉的結果中。偉大的感受擁有自己的世界，不論是壯麗的或悲慘的。它們以熱情照亮一個專屬的天地，在那兒重溫它們的氛圍。有嫉妒的世界、野心的世界、自私的世界或慷慨的世界。「世界」換句話說是一種形上學與一種心態。而適用於描述這些特定感受的性質，將更加適用於那些基本上不明確的情感；這種情感的特色是，既模糊又「確定」，既遙遠又「在眼前」，如同美或荒謬所激起的感覺。

荒謬感會在任何街角襲上任何人。它赤裸裸地令人難以忍受，它是沒有光芒的光線，讓人無從捉摸。但那種困難本身便值得我們思索。有時就會發生這樣的事：我們始終覺得某個人像陌生人，他帶有某種我們難以了解的東西。然而，**實際上**，我可以從人們的行為、全部的行動、所作所為在生活中所引起的後果而知人識人。同樣地，對於所有那些無從分析的不合理的感受，藉由在智識（intelligence）層次上歸納它們所造成的結果，理解與記錄它們的所有樣貌，描繪它們的世界，**實際上**我也可以定義並評價它們。確實，儘管我看過某個相同的演員上百次的演出，我也不會因此更加認識這個人。然而，如果我統計他所扮演過的角色，然後在算到第一百個角色時，我說我稍微更加了解他了，這麼說也帶有點真實性。這個明顯的矛盾也是個教訓。它具有某種益處。它透露了虛情假意與真實衝動同樣都可以用來界定一個人。而我們藏在內心無法觸及的感受，透過它所激發的行動與所採取的態度，也洩漏了端倪。如此一來，我就找到了一種方法。但顯然，這種方法是分析，而非來自知識。因為方法就包含了形上學，它會無意地揭露了它時而宣稱尚未知道的結論。這就如同一本書最末幾頁的內容已經包含在開始的幾頁裡。如此的連結是難以避免的。此處所界定的方法承認了不可能有真正的認識。能被數算的只有表象（apparence），能被感受的只有氣氛。

我們有可能在各種不同但相關的世界裡見到這種難以理解的荒謬感，比如智識的世界、生活藝術的世界，或藝術本身的世界。一開始是荒謬的氣氛。最後則是荒謬的世界以及那種心態，以它真實的色彩照亮了世界，帶來專屬的且無法改變的面貌，在其中那樣的態度清晰可辨。

——

一切重大的行動與思想，在萌芽之初都是微不足道的。偉大的作品經常誕生於街角或某家餐廳的旋轉門入口。荒謬亦是如此。荒謬的世界尤其是從如此不值一哂的開端，逐漸取得它崇高的地位。在某些情況下，被問及在想什麼時，回答說「沒有」可能會被認為是口是心非。那些戀愛中的人很清楚這個道理。但假如這個回答是真誠的，假使它代表著一種奇特的心態，在其中空虛變得如此真實，日常行動的鎖鏈斷裂，人心徒然地尋找重新連結的鏈環，那麼這個回答就是荒謬性的第一個徵兆。

舞台有崩塌的一刻。起床、搭電車、在辦公室或工廠工作四小時、回家用餐、搭電車、工作四小時、回家用餐、上床睡覺，依著相同的規律，日復一日從週一到週六；大部分時間人都可以輕鬆地循著這樣的軌道前行。然而，一旦某天心中浮現了「為什麼」的疑問，一切就會開始變得令人厭倦與訝異。「開始」是很重要的。機械化的生活行動最終帶來了厭倦，但同時也啟動了意識的運作。厭倦喚醒了意識，引發後續的效應。所謂的後續效應，可能是無意識地重返生活的鎖鏈，或是徹底的覺醒。而覺醒之後，隨著時間的醞釀，就會出現結果：決定自殺，或是恢復原本的生活。厭倦本身有某些讓人作嘔的成分。但在此，我必須說這種感覺是好的。因為一切皆由意識啟動；唯有透過意識，一切才有價值。這樣的論點並無獨特之處。它不言自明；在我們概略認識荒謬的根源時，如此的見解暫已足夠。如海德格（Heidegger）所言，僅僅「憂慮」便是一切的根源。

同樣地，庸碌人生的每一天，時間載著我們前進。不過總是會來到那麼一刻，換成我們必須馱著時間前進。我們依靠未來而活：「明天」、「以後」、「等你擔任某個職位」、「你年紀大了就會了解」。這些不相干的說法頗為奇妙，因為未來畢竟和死亡有關。突然有一天，一個人注意到自己已經三十歲了。他由此表示自己的青春已逝，但同時也藉由時間來標示自己。他站在時間軸上。他承認了他屬於某段曲線中的某個點，而他必須走完這段曲線。他隸屬於時間，恐懼攫住了他，他知道時間是他最險惡的敵人。明天，他盼望明天，然而他的一切卻拒絕接受它。肉體的反抗，就是荒謬。[6]

往下一步就會見到陌生的事物：我們發現了一個「混沌」的世界，瞥見一塊石頭古怪至極、難以理解，而大自然或某片風景是如此強烈地否定我們的存在。在一切美好的深處藏著殘酷的東西，這些起伏的山丘、柔和的天空、樹林的剪影，頓時失去了我們所賦予的那些虛幻的意義，變得比失落的樂園更遙不可及。這世界的原始敵意，穿越了幾千年的時光，再度朝我們襲來。我們一時

6 這並非適當的意思。這不是荒謬的定義，而是列舉一些可能包含荒謬的感受。儘管如此，也無法涵蓋所有的荒謬感。

之間不再理解這個世界，因為好幾個世紀以來，我們只理解我們給予它的那些形象與描繪；也因為從此以後，我們無力再使用這樣的工具。而由於世界重新變回自己，它便逃離了我們的掌握。被習慣所遮掩的這些布景重現原貌，與我們漸行漸遠。如同有時候看著同一名女子的熟悉臉龐，我們會覺得這個幾年前或幾個月前曾經深愛過的人，如今卻像陌生人一樣，或許我們甚至會渴望起曾經熟悉但此刻突然讓我們感到如此孤單的事物。不過那個時刻尚未來到。現在有的只是：世界的難解與陌生，這就是荒謬。

人也會散發非人的氣質。在某些清醒的時刻，他們機械化的姿態、無意義的動作，使得他們周遭的一切都變得愚蠢可笑。某個人在玻璃隔板後面講電話，聽不見他的聲音，但看得到他難以理解的比手劃腳：你不禁在想，他為何活著？這種面對人的非人性時所感受到的不安，這種面對我們自己的形象時所經受的難以預料的混亂，如同當代某位作家所稱的「作嘔」的感受——這也是荒謬。同樣地，我們在攬鏡自照時看見的那個陌生人，或在相簿中見到那個既熟悉又讓人擔憂的孿生兄弟，這也是荒謬。

最終我要來談論死亡，以及我們面對死亡的態度。關於這個問題，一切都已經說過了，唯要避免情緒化。然而，令人驚訝的是，每個活著的人好像都不「知道」死亡。這是因為事實上沒有人擁有死亡的經驗。就根本的意義而言，人只能體會經驗過的事物與進入意識層面的事物。在此只能勉強談及其他人的死亡經驗。這只是替代品，某種想像，向來並非十分讓人信服。這種令人傷感的習慣作法不可能會有說服力。恐怖實際上是來自死亡事件的數學層面。時間之所以嚇人，是因為它提出了問題，而解答則隨後而至。所有關於靈魂的優美論述都將有力地證明了它們的相反物，至少有一段時間如此。靈魂已經從那具了無生氣、掌摑亦不留痕跡的肉體中逸散無蹤。人生這場冒險最終的根本面向，就構成了荒謬感。人終將一死，命運顯得無用。面對著掌控我們處境的殘忍數學，沒有任何道德或努力是合乎道理的演算。

再提醒一次，所有這些說法都已經反覆討論過。在此我僅是列出一個快速的分類，並指出那些顯而易見的主題。這些說法在文學與哲學作品中俯拾皆是。日常的對話也常提及它們，完全不用重新創造。但必須確定這些顯而易見的說法的真確性，才能探索最重要的問題。我再重複一遍，我所感興趣的並非是發現這麼多的荒謬，而是荒謬所導致的結果。如果一個人確認了這些事實，他會做出什麼結論？一個人如何能不逃避？要主動赴死，或者無論如何都懷抱著希望？事先在智識層面上探索一番是必要的。

——

心智的第一步行動是分辨真假。然而，當思想反思自身時，它首先便發現了矛盾。在此想要努力使人信服不啻白費力氣。幾世紀以來，對此無人能比亞里斯多德給出更清晰、更優雅的說明：「這些意見經常導致自我摧毀的可笑結果。因為在斷言一切為真之際，同時也肯定了相反的主張為真，結果造成我們原本的論點為假（因為相反的主張並不容許它為真）。而假使說一切為假，那這個主張本身也是假的。假使我們宣稱，只有與我們的主張相反者為假，或是，只有我們的主張不是假的，那麼我們反而不得不容許無止盡的真假判斷。因為表達某個主張為真的人，同時也宣告它為真，以此類推，無窮無盡。」

這不過是讓自我探索的心智迷失其中的第一個惡性循環。這些矛盾如此簡單，卻也不可化約。無論是文字遊戲或邏輯雜技，要理解首先便要統一。心智的深層渴望，即便是最複雜的運作方式，都會與一個人面對世界時所產生的無意識的感受相似：它需要熟悉感（familiarité），它渴望思路清晰。對人而言，理解世界意味著把世界化為人，把人的戳印蓋在世界上。貓的世界不同於食蟻獸的世界。「一切思想都是人為的產物」，這樣的道理再明顯不過。同樣地，對於力圖理解現實的心智來說，唯有把現實化為思想的詞語後，才可能感到滿足。如果一個人了解宇宙本身也可能愛人與受苦，那麼他與宇宙之間的關係就會更和諧。假使思想在變化萬千的種種現象裡，發現了某些永恆的關係可以用來概述那些現象，而且可以進一步形成獨特的原則，那麼可以說，思想就獲得了幸福，那些真福者（bienheureux）的神話便淪為可笑的模仿。這種對於統一的鄉愁[7]、對於絕對的想望，說明了人類戲劇的根本動力。然而，就算這種嚮往是事實，並不表示它應當立即被滿足。因為假使我們在跨越渴望與征服的鴻溝時，確認了巴門尼德（Parménide）[8]所稱的「一」（l'Un，無論其所指為何）的真實性，那麼我們就掉入了可笑的矛盾：一個肯定全然統一的人，卻在他的主張中體驗到他聲稱已經解決了的差異性與多樣性。這是另一個惡性循環，足以扼殺我們的希望。

上述依然是一些陳腔濫調。再次重申，我們所關注的並非這些發現本身，而是從中推導出來的結果。我還知道另一個老生常談：人必有一死。在此可將那些由此推導出極端結論的人包含在內。在本文中，我們必須不斷思考我們想像自己知道的與我們真正知道的之間的差距，以及實際的認同與偽裝的無知的不同；偽裝的無知使我們懷抱著一些真要實現的話可能讓一輩子都動盪難安的想法過日子。檢視心智如此錯綜複雜的矛盾，我們將可以理解我們與我們的創

7 編按：卡繆慣以「鄉愁」一詞表達情緒或情感的根源，他認為許多思想本由情緒或情感所激發，經過理性思維產生虛假的論證，這便是人類的悲劇來源。

8 編按：西元前五世紀的古希臘哲學家。他主張真實變動不居，世間一切變化都是幻象，人不可依感官經驗去認識真實。

造之間的離異。只要心智處於它希望的世界中，在這個靜止的世界裡保持沉默，那麼一切將依其嚮往的統一被安排與反映。然而，當心智邁開第一步，這個世界就崩裂倒塌了：閃閃發光的無數碎片提供理解的泉源。但我們必將感到絕望，這個世界不可能再重建我們熟悉的面貌，一種帶給我們內心平靜的安然面貌。經過數個世紀的探尋，在這麼多思想家宣告放棄之後，我們深知這樣的體會對我們所有的知識來說，是千真萬確的。除開專業的理性主義者，人們今日對標榜為真的知識都感到絕望。假如要編纂一部有意義的人類思想史，那應當是關於人類持續不斷的沮喪懊悔與無力反擊的歷史。

的確，我究竟可以對什麼事物或人說出：「我知道！」我可以感覺到我的心臟，所以我判斷它是存在的。我可以觸摸到這個世界，所以我判斷它是存在的。我所有的知識就到此為止了，其餘的都來自建構。而如果我想要掌握這個我確信存在的自我，如果我試圖去界定它與概括它，那麼它不過如同從指縫落下的水滴。我可以畫出一張張它所呈現的面貌，以及一切人們所賦予它的面貌，比如教育、出身、熱情或沉默、高尚或卑劣。但我們無法添加面貌。屬於我的這一顆心，對我來說永遠難以界定。我對於自己存在的確定性，與我試圖用來證明那個確定性的內容，兩者之間的鴻溝永遠無法填平。我將永遠是我自己的陌生人。在心理學上，如同在邏輯上，存在某些事實，卻毫無真理可言。蘇格拉底說「認識你自己」，其價值等同於在告解室中的「明德行善」。這些說法在透露出鄉愁的同時，也流露出無知。它們都是徒勞的遊戲，即便談論的是重大的生命主題。它們是合理的只在於它們看起來是相近的。

我知道那些迎風搖曳的樹木觸摸起來質地粗糙；我感覺得到那些淙淙流水的冰涼滋味。青草地的芬芳與暗夜星辰，以及讓人心情放鬆的向晚時分，我如何能否認這個我可以體驗到其力量的世界？然而，大地悄然無聲，沒有給我任何能讓我確信這個世界真的屬於我的訊息。你向我描述它，你教我對它進行分類。你列舉它的律法，而我求知若渴，同意這些律法為真。你說明它的運作機制，而我的希望與日俱增。最後，你教導我這個五顏六色、不可思議的宇宙可以化約為一顆顆原子，原子還可以分解為電子。這一切說法都很好，我等著你繼續說下去。你談及一個不可見的星系，所有電子繞著原子核運轉。你以一幅圖像向我解釋這個世界的組成。於是我體認到，你的解釋已經化為詩歌，而我再也無法了解。我有時間對此感到氣憤嗎？你已經改變了理論。這個理應教導我一切的科學，最後卻以假說收場；清醒的認識沉入隱喻中；而這樣的不確定性則化為藝術作品。我需要付出這麼多的努力去理解嗎？綿亙山陵的柔和線條，暗夜的手對激動的心的撫觸，反而使我學到更多。我於是返回起點。我了解到，即便藉由科學可以掌握種種現象，我卻無法因此體會這個世界。假如我以手指描繪山丘的起伏，我對它依然一無所知。而你給我機會，讓我選擇：無法教導我什麼但確切可信的描述，或是可以教導我但卻毫不確切的假說。作為自己與這個世界的陌生人，我仰仗著某種一旦肯定便自我否定的思維方式，而且唯有在拒絕認識、拒絕生命的情況下，我才能獲得心靈平靜——這究竟是怎樣的一種狀況？而征服的渴望撞上了挑戰的高牆，又是如何？是意志引發了矛盾。一切安排皆是為了帶來那種被毒害了的平靜；那是由輕率的思慮、沉睡的心或致命的棄世所產生的。

而智識也以它的方式對我說，這個世界是荒謬的。智識的相反，亦即盲目的理性，徒然地聲稱一切皆清晰可解；我等待有證據來證明它，我希望它的說法有道理。儘管這麼多個世紀以來，它都自信滿滿，許多有識之士也雄辯滔滔，但我知道它是錯的。至少在這個層面上，假如我不知道的話便不會有幸福。這個普遍的、實踐的或精神的理性，這個決定論，這種種解釋一切的範疇，卻含有某些讓誠實的人發笑的因素。這種理性與人的心智毫無關連。它否認心智環環相扣的深刻真理。在這個難以譯解、有其侷限的天地裡，人的命運從此將獲得意義。一個又一個的荒謬相繼豎立在眼前，團團將他包圍，直至他走到生命終點。在他重新恢復的、經過調適的理智中，荒謬感逐漸變得清晰與明確。我曾說世界是荒謬的；但我當時太快下定論了。我們能夠指出的僅是，這個世界本身並不合理。而所謂的荒謬，是這樣的不合理與人們想要理解的強烈渴望兩者的對立；這種追求理解的呼聲，迴響在心的最深處。荒謬既取決於人，亦取決於世界。荒謬是人與世界之間的聯繫。荒謬將兩者牢牢繫住，如同單單仇恨就能將世人緊緊綑綁起來。這是我在這個無邊無際的宇宙中，唯一能夠清楚辨別的事；而我會繼續我的冒險。讓我們在此稍作停留。這個支配我與生命的關係的荒謬性，假使我接受它為真的話，假使我堅信這個在大千世界中向我襲來的感受，假使我深信某種科學研究強加給我的明智，那麼我應該為了這樣的確信而犧牲一切，我應該為了維繫這樣的確信而直視我所確認的事物。尤其，我應該依據這樣的確信來規範我的行為，而且無論它帶來怎樣的後果，都繼續追隨它。我在此談論的是人面對自己所應有的誠實。不過我想要先知道，思想能否在這樣的荒漠中存活。

—

我知道思想曾經踏入這片荒漠。它在那兒找到食糧。思想在那裡理解到，它迄今都是從幻想中汲取養分。而它也曾經為人類的反思中最迫切的幾個主題尋找辯護的理由。

從承認荒謬性存在的那一刻起，它就成為一種熱情，最撕心裂肺的一種熱情。然而，了解我們是否可以與這樣的熱情共生，是否可以接受它燃燒人心又激起人心狂熱的法則，正是問題所在。但這並非我們將要探究的問題。它立於經驗的核心，之後會有時間再回來討論。我們現在先來看看誕生自荒漠的那些主題與衝動；列舉出來就夠了，其實它們也早已是眾所周知。始終有人在捍衛非理性的權利。這個被稱為「被貶低的思想傳統」，從未失去生氣。針對理性主義的批判攻勢一波又一波，似乎不必再費力去強調。然而，在我們的時代，卻見這樣的詭辯再度出現，努力扯理性的後腿，彷彿理性果真一路向前。不過那絲毫不是理性的有效性與蓬勃希望的明證。就歷史的角度而言，這兩種態度的對立說明了一個被撕裂的人的根本熱情所在：他的內心始終在對於統一的呼求與他清楚看見那些可能包圍他的重重高牆之間拉扯。

然而，我們這個時代或許是史上對理性的攻擊最為激烈的時代。自從查拉圖斯特拉（Zarathoustra）疾呼：「理性碰巧是世上最古老的貴族。當我說在萬物之上沒有任何永恆的意志，我便把理性賜給了萬物。」自從齊克果（Kierkegaard）提及這個致命之疾：「這種苦痛僅僅導致死亡，別無其他。」一個又一個有關荒謬思想的主題，折磨人心與意義重大的主題，接踵而至。或者，至少對於非理性與宗教性思想的主題來說是如此；這個但書很重要。從雅斯培到海德格，從齊克果到舍斯托夫（Chestov），從現象學家到謝勒（Scheler），在邏輯與道德層面上，一整個思想家家族因鄉愁而連結，在研究方法或目標上則互不相容，但他們都致力於阻擋理性的康莊大道，並且努力尋回通向真理的正確道路。我在此假定，這些想法已為人所知，並且被體驗過。無論他們的雄心壯志為何，或他們曾有怎樣的抱負，所有人的出發點都是這個由對立、矛盾、焦慮或無能為力所統轄的、難以描繪的世界。而他們之間的共同點，恰恰正是我們直到現在所揭露的主題。同樣地，對他們來說，最重要的是，他們可以從這些發現中推導出怎樣的結論。這一點是如此重要，必須特別加以檢視。但本文僅檢視他們的發現與他們一開始的經驗；我們僅關注他們的一致性。若說要討論他們的哲學思想會顯得過於傲慢的話，那麼呈現他們的共同氛圍以便感受一番，至少是可以嘗試的——無論如何，這樣也已經足夠。

海德格冷靜地思索人的處境後宣稱，人的存在是受屈辱的。唯一真實的是整個存在結構中的「憂慮」。對於迷失在世界中的人，以及他所從事的種種活動，這種憂慮是一種轉瞬即逝、捉摸不定的恐懼。然而，當這個恐懼意識到自身，它就變成是一種痛苦，是清醒之人永遠擺脫不了的氛圍，而「存在由此重回他身上」。這位哲學教授以最抽象的語言無畏地寫道：「人的存在的限定性與有限性，比起人本身更重要。」他對康德（Kant）頗感興趣，但只是為了確認「純粹理性」概念的侷限。在分析的末了，他結論道：「世界再也無法提供什麼事物給痛苦的人。」事實上，他認為這樣的憂慮超越了推理論證的範疇，以致於他僅思考與談論這個主題。他舉出憂慮的外顯面貌，比如：當平凡人努力要平撫和減緩存在於自身的憂慮，就會產生煩擾；當人沉思死亡，就會驚懼纏身。他並未把意識與荒謬分開看待。死亡的意識，是憂慮的召喚，而「存在於是通過意識，向自身發出屬於自己的召喚」。死亡與痛苦的聲音如出一轍，它懇求存在「從失落在無名的眾生世界（l'On anonyme）中，重新回到自身」。對他來說，同樣地，人不應沉睡，必須保持警醒直至生命終了。他孤身站在這個荒謬的世界中；他突顯了這世界短暫易逝的特徵。他在一片廢墟中尋找出路。

雅斯培對所有的本體論皆感到絕望，因為他認為我們早已失去「純真」。他知道我們完全無法超越表象的致命遊戲。他知道心智終將以失敗收場。他一直逗留在歷史提供給我們的精神探險中；他毫不留情地指出每個系統的缺陷，展現想挽救一切的幻覺，揭露什麼也遮掩不了的宣道說教（prédication）。在這個荒蕪的世界，認識的不可能性已經被證明，虛無似乎是唯一的真實，無可救藥的絕望似乎是唯一的態度，而他試圖重拾女神阿里亞娜（Ariane）的絲線，領他通往神聖奧祕之道。

至於舍斯托夫，他則通過一部教人讚嘆又直截單調的作品，全神貫注、毫不止息地朝向同樣的事實邁進；他孜孜不倦地指出，最嚴密的系統、最具普同性的理性主義，最後總是被人類思想中的非理性阻撓而告終。任何可笑的顯而易見的道理，任何貶斥理性的微不足道的矛盾，都逃不過他的檢視。他僅關注例外的現象，無論是來自情感或理智的歷史。通過杜斯妥也夫斯基（Dostoïevski）式的死囚經驗，通過具有尼采精神的憤怒的冒險，通過哈姆雷特（Hamlet）的詛咒或易卜生（Ibsen）痛苦的貴族社會[9]，他探尋、闡明、讚頌人類對無藥可救的世界的反抗。他拒絕理性的論證；身處在這一片無色彩的荒漠中，所有確信都成為冥頑不靈的碎石，而他唯有帶著某種決心才能踏出自己的步伐。

在所有這些學者中，最吸引人的也許非齊克果莫屬，因為至少在他部分的存在經驗中，他不只發現了荒謬，他還過著荒謬的生活。這個曾寫下「在所有的緘默中，最確鑿的並非沉默不語，而是開口說話」的思想家，一開始就堅信

9 編按：易卜生（Henrik Johan Ibsen, 1828-1906），挪威劇作家，現代現實主義戲劇的創始人。他的劇作在當時被認為像是種醜聞，因為他質疑當時維多利亞式的價值觀和社會的標準。

沒有任何真理是絕對的，沒有任何真理可以讓存在的不可能性本身變得令人滿意。他追求知識的作風如同唐璜（Don Juan），而他所使用的筆名之多則如同他的矛盾；在寫作《訓義談話》（*Discours édifiants*）的同時，他也一邊撰寫《誘惑者的日記》（*Le journal du séducteur*）這本憤世嫉俗的唯心論手記。他拒絕接受安慰、道德與安全可靠的原則。而對於內心所感受到的那根棘刺，他不斷提醒自己不要減緩它所帶來的痛苦。他反而是喚醒痛苦；懷抱著甘願受折磨者的那種絕望的喜悅，他逐漸建構出清醒（lucidité）、拒絕（refus）與偽裝（comédie）——某種「魔靈」（démoniaque）的概念。這張同時展現溫柔與嘲笑的面容，以及種種跟隨靈魂深處的呼喊而展現的迴旋舞步，正是荒謬精神本身與它所不理解的現實爭鬥的結果。而讓齊克果走向他所鍾愛的醜聞（scandale）的精神冒險，同樣是始於一個退去了背景、回到原初混沌失序的經驗所帶來的混亂狀態。

在一個完全不同的層面上，亦即探討的方法上，胡塞爾（Husserl）與其他的現象學家，以各種方式重建世界的多樣性，並且否認理性具有超越的能力。隨著他們的研究，精神的宇宙變得充實豐盈起來。玫瑰花瓣、里程碑或人類的手，與愛情、慾望或萬有引力定律同樣重要。思想不再以某個大原則為前提，變得統一或相似。思想是重新學習去觀看、去關注、去引導意識，是以普魯斯特（Proust）的方式，使每個想法、每個形象都成為一個受重視的場域。弔詭的是，萬事萬物都備受重視。而思想之所以是正當的，來自於它極端的意識性。胡塞爾式的思維方式，比起齊克果或舍斯托夫的想法更為正面，卻在根本上否認理性的古典方法，使希望破滅，開放給直覺與情感去面對不斷增生的現象，其中容有某些非人的性質。這樣的路徑可以通往所有科學，抑或無路可去。這無異表示，在此手段比目的重要。它是關於「一種了解的態度」，而非一種安慰。再次強調，至少一開始是如此。

對於這些哲人的思想，我們如何能不感受到他們之間的關係？如何能不看出他們站在一個榮耀又苦澀卻毫無希望之處？我但願一切都有解釋，不然就什麼都別說。面對心的吶喊，理性毫無能力。這樣的堅持喚醒心智的尋尋覓覓，卻只能找到矛盾與妄言。我所不理解的正是這樣的妄言。這個世界充斥著非理性的人。這個我無法理解其獨特意義的世界本身，是一團巨大的非理性。假若有這麼一次能夠說出：「這很清楚啊！」那麼一切都能得救。不過這些思想家競相宣告，任何事物皆不清楚，一切皆混沌難明，而人只能清楚理解到，那一堵堵包圍著自己的高牆。

所有這些經驗相互同意與確認。來到邊界地帶的心智，必須做出判斷，選擇結論。在這兒就能見到自殺與答案。然而，我想要顛倒順序，從智識上的冒險出發，重新回到日常的行動。此處所提到的心智經驗，源自我們不能棄之不顧的荒漠。而我們至少應當知道，這些經驗最後抵達何處。當人努力不懈地去到那裡，眼前將是一片非理性的世界。他會在自己身上感受到對於幸福與理性的渴求。荒謬肇生於人的呼求與世界無理的沉默兩者的遭逢與對峙。切勿忘記這一點。我們必須緊緊抓住這一點，因為從中能夠推導出人生的所有後果。非理性、人的鄉愁，以及兩者遭遇時所產生的荒謬，是這齣戲的三個角色；而這齣戲最後必然結束在使存在具有可能的全部邏輯上。

哲學的自殺

然而，荒謬感並非因此就是荒謬的概念。荒謬感建立起荒謬的概念。荒謬感不限於荒謬的概念，除了當它提出對世界的判斷這個短暫的瞬間。對荒謬感來說，還有很長的路要走。它是生氣勃勃的，也就是說，它必然會死去，或是產生更深遠的迴響。本文到目前為止所提出的各個主題亦復如此。但同樣地，我所感興趣的不是那些著作或思想家本身——對於他們的評論需要採取另一種形式，另文發表——而是去發現他們各自的結論之間的共同點。或許，思想家們的主張從未如此相異過。然而，我們可以看見他們所經歷的精神風貌是相似的。同樣地，儘管研究路徑相異，在旅程結束時他們卻以相同的方式發出吶喊。我們可以清楚感受到這些思想家之間瀰漫著某種共同的氛圍。說這股氛圍是致命的並非玩笑。生活在這片沉悶窒息的天空下，迫使人選擇離開，要不就是留下。重要的是去了解前者如何出走，以及後者為何留下。由此我解釋了自殺的問題，以及存在哲學的結論中可能的有趣之處。

容我暫先離題。直至目前為止，我們的作法是從外部來確定荒謬的範疇。然而，人們可能會問，荒謬的概念中有哪些是清楚的，並且試著透過直接的分析，一方面試圖找出它的意義，一方面則努力發現它所導致的結果。

假使我指控某個無辜的人犯下重罪，比如我說某個品德兼備的人對自己的姊妹有非分之想，他會回答說：「這太荒謬了。」如此的憤怒有其滑稽的一面，但也有其深刻的道理。藉由這樣的反駁，他指出了存在於我指控他所做出的行為與他一生的行事原則，兩者之間的重要矛盾。「這太荒謬了」的意思是「這完全不可能」，也意味著「這矛盾極了」。假使我看到一個人單手白刃去攻擊一群機關槍，我會認為他的行動是荒謬的。但這不過是因為他的意圖與他所面對的現實不成比例；或是因為我所見到的他的實際力量與他的目標之間的矛盾。同樣地，當某個判決與另一個在表面上依照事實所做出的判決完全相反時，我們會以為前者是荒謬的。而當某個論證被說成是荒謬的，則是因為它的推理結果與我們想要建立的邏輯有所落差。從最簡單的到最複雜的一切情況，荒謬性的程度會因為做比較的兩個項目之間的差距而增加。舉目所見，有荒謬的婚姻、荒謬的挑戰、荒謬的怨恨、荒謬的沉默、荒謬的戰爭與荒謬的和平等等。對於任一個來說，荒謬皆來自於比較。我於是可以說，荒謬感並非來自於對某個行為或印象的檢驗，而是比較某個真實事件與某種現實、比較某個行動與超越它的世界之後，才迸發的感受。荒謬在本質上是一種離異。它不屬於比較者的任何一方。它誕生於這些項目之間的對抗。

在智識層面上，我於是可以這麼說，荒謬既非存在於人（如果這樣的隱喻有任何意義的話），亦非存在於世界，而是存在於兩者的同時在場。現在它是兩者間唯一的聯繫。假使侷限於明顯的事實來談，我知道人希求什麼，我也知道世界提供給他什麼，而我現在還可以說，我知道連結人與世界的是什麼。我不需要再挖掘更深。單單這個確定性，就足以使探究的人滿意。他僅僅需要從中推導出所有的結果。

而藉由這個方式所立即獲得的結果，也是一種方法準則。如此所揭露的非比尋常的三位一體論（人、世界、荒謬），完全不是突然發現的新大陸。它與那些經驗的主題具有共同點，亦即它極為簡單，也極為複雜。它的第一個特徵是無法被分割。摧毀三個項目中的任一個，就摧毀全部。荒謬無法存在於人心之外。荒謬如同所有事物，會隨著死亡的到來而結束。荒謬同樣也無法存在於這個世界之外。基於這個基本的判準，我以為荒謬的概念具有根本上的重要性，而且它可以作為我的第一個真理。這就是前述提及的方法準則。假使我判斷某件事為真，我就必須保存它。假使我想要解答某個問題，那麼我至少不應該逃避問題中的某個項目。對我來說，唯一已知的就是荒謬。重點是去了解如何走出荒謬，以及是否可能從這樣的荒謬中推導出自殺的結果。我的探究的第一個條件，實際上也是唯一的條件，是保存壓垮我的事物，進而尊重其中我認為具有根本重要性的東西。而我剛剛定義它是一種對抗以及不斷的掙扎。

把這個荒謬的邏輯推展到底，我必須承認這場掙扎意味著毫無希望（無涉絕望）、持續不斷的拒絕（不應與棄世混淆），以及自覺的不滿（不等同於年輕人的不安現狀）。所有摧毀、逃避與解除這些要件的事物（比如認同便推翻了離異），皆會摧毀荒謬，貶低可能由此提出的態度。唯有在不被認同時，荒謬才有意義。

——

顯然存在著一種似乎完全合乎道德的事情：人總是成為他所服膺的真理的犧牲品。一旦接受了這些真理，人就無法擺脫它們，也不得不因此付出代價。逐漸對荒謬有所自覺的人，永遠都無法擺脫荒謬。一個知道自己不帶任何希望的人，再也不屬於未來。這是不言而喻的。而他會努力逃避他作為創造者的宇宙，也是必然的。唯有在他思索這個矛盾後，一切才有意義。就此而言，沒有什麼比檢視人們的思想方法更具助益的事了，亦即他們如何從對理性主義的批評開始，接受了荒謬的氛圍，並且推導出他們的結果。

然而，如果僅限於談論存在哲學，我發覺所有思想家都建議我逃避，無一例外。他們在一個封閉的、侷限於人的世界中，踏著理性的廢墟從荒謬出發，進行某種奇特的推論；他們以這樣的思想方式，把壓垮他們的事物神聖化，並且在造成他們一無所有的原因中，找到某種懷抱希望的理由。這種不可抗拒的希望帶有宗教性質，存在於他們所有人身上。這值得討論一番。

在此僅分析舍斯托夫與齊克果的某些主題以作為舉例說明。但首先雅斯培將提供我們這種態度的典型例子，我們將推展他的說法。如此一來，針對其他兩人的探討會更為明朗。雅斯培表現出他無力理解超越性（le transcendant），無法探究經驗的深層肌理，他意識到這個因失敗而混亂的宇宙。他會繼續前進，或至少從這個失敗中歸結出結論呢？他沒有帶來任何新的說法。除了坦承無能為力，他在經驗中一無所獲，也沒有機會推導出任何令人滿意的原則。然而，在毫無理由之下，他卻說：「在一切的解釋和詮釋之外，失敗難道不是揭露了超越性的存在，而非不存在？」他突然肯定了超越性、經驗的本質與生命超凡的意義。超越性的存在，通過來自人的自信的一個盲目行動，突然就解釋了一切，他說那是「一般性與特殊性的不可思議的統一」。如此一來，荒謬就變成了神祇（從該詞最廣泛的意義來解讀），而那種在理解上的無能為力，就變成照亮一切的存在。這樣的論證毫無邏輯。我可以稱它為一種思想上的跳躍。但弔詭的是，我們可以理解雅斯培的堅持，他竭力使超越性的經驗不可能實現。因為超越性與經驗愈接近，其定義就愈顯空洞，這個超越性對他也就愈真實；他在肯定超越性上所投注的熱情，恰恰與他的解釋能力與經驗世界的非理性之間的差距成正比。由此看來，雅斯培愈是摧毀理性的成見，他便愈是以激進的方式來解釋這個世界。作為這個「被貶低的思想傳統」的門徒，他將在這種備受貶低的狀態下，找到方法使存在得以徹底獲得再生。

神祕的思想已經讓我們熟悉了這樣的推論方式。它與任何心智態度一樣合理。但就目前而言，我看似嚴肅地在處理某個問題。暫且先別論斷這種態度的一般價值與它能否讓人受益，我僅僅想要思考它是否能回應我所設定的條件，以及它是否涉及我所關心的衝突問題。因此我再度回到舍斯托夫的討論上。某位評論者轉述了他的一段值得注意的文字，他這麼寫道：「確切而言，唯一真正的解答，是人類無法尋求解答。不然的話，我們為何需要上帝？我們轉向上帝只是為了獲得不可能的事物。至於可能性的事物，人們自己就能夠提供。」假使存在一種舍斯托夫式的哲學，這段話便概括了它的精神。因為在他充滿熱情的分析結束之際，當他發現了所有存在的基本荒謬性時，他完全沒有說：「這就是荒謬。」而是說：「這就是上帝，我們必須信賴他，即便他與我們的理性背道而馳。」為了避免混淆，這位俄羅斯哲學家甚至暗諷，這名上帝也許充滿惡意、令人厭惡、難以理解，並且矛盾重重，甚至他的容貌愈是可憎，他愈聲稱擁有萬能的力量。他的崇高就是他的不合邏輯。他的證明便是他的不人性。人必須跳入他的懷抱，而如此縱身一躍就能擺脫理性的幻覺。於是，對舍斯托夫而言，接納荒謬與荒謬本身是同時發生的。意識到荒謬即接受荒謬，而他有關荒謬思維的一切邏輯努力，則是為了揭露荒謬，同時帶出它所伴隨的巨大希望。我再次提醒，這樣的態度是合理的。但是在此我堅持只思考單一問題與它所導致的全部結果。我毋須檢驗某個思想或某個信仰的情感面。我有一生的時間可以這麼做。我知道理性主義者認為舍斯托夫式的態度令人惱怒。不過我也明白舍斯托夫有充分的理由去反對理性主義者，而我只是想要了解，他是否持續忠於荒謬的定律。

然而，假使承認荒謬是希望的對立，那麼可以見到，對於舍斯托夫來說，存在的思想是以荒謬為前提，而它證明荒謬的存在只是為了消除荒謬。這個思想上的微妙之處是某種情感性詭計。當舍斯托夫把荒謬對立於一般道德與理性時，他也把荒謬稱為真理與救贖。因此對於荒謬的這個定義，舍斯托夫基本上是認同的。假使我們接受荒謬的力量來自於它和希望的對立，假使我們認為荒謬為了繼續存在而要求我們不要認同它，那麼顯然荒謬便失去了它的真正面貌、它的人性的與相對的特質，以便獲得既無法理解卻又令人滿意的某種永恆。但假使荒謬存在的話，它是存在於人的宇宙中。當荒謬的概念轉變成為永恆的跳板，它就不再與人的清醒相繫。荒謬不再是人們所觀察到但不予認同的明顯事實。掙扎於是被規避了。人整合了荒謬，在這種狀態下荒謬的根本特質（對立、撕裂與離異）就消失了。如此的思想跳躍，就是一種逃避。舍斯托夫喜歡援引哈姆雷特的名言，當他寫下「時間錯位脫節了」這句話時，他似乎懷抱著他特有的頑強的希望。然則哈姆雷特並非在這樣的情況下說出這句話，這也不是莎翁寫作的原意。非理性帶來的陶醉感與狂喜的召喚，使得清醒的人背離了荒謬。對舍斯托夫而言，理性空洞無益，但在理性之外，還存在某些東西。對荒謬的人而言，理性空洞無益，而且在理性之外什麼都沒有。

這樣的思想跳躍至少可以讓我們更加明白荒謬的本質。我們知道，唯有處在某種平衡狀態中，荒謬才有意義；荒謬首先是存在於比較之中，而且完全不屬於比較的任一方。而舍斯托夫恰好把所有砝碼都放在其中一個項目上，因此破壞了平衡。我們對於理解的渴望、對於絕對的鄉愁，唯有在我們能夠確切理解與解釋許多事情時，才能被解釋。全然否定理性是沒有意義的。理性有其效度，且正好是落在人類經驗的範疇。這就是為何我們想要一切事物清楚可解的原因。假如我們無法理解，假使荒謬肇始於此，它就是誕生於有效但有限的理性與不斷復活的非理性的交會點上。然而，當舍斯托夫反對黑格爾（Hegel）式的主張，像是「太陽系的運動是按照永恆不變的法則；這些法則就是它的理性」，當他傾注全部熱情拆解史賓諾沙（Spinoza）式的理性主義，他所推導出的結論正是所有理性的虛幻性。通過這自然卻不合理的態度逆轉，他賦予非理性優勢的地位。[10]但這推論的過程並非明白無誤。因為在此可能會有「限度」與「層面」的問題。大自然法則的有效性有其限度，超過了該限度，它會轉而反對它自身，產生了荒謬。或者，大自然法則在描述的層面上可以成立，在解釋的層面上卻無法成立。在舍斯托夫的論述中，一切均犧牲給了非理性，理解

10 尤其是涉及反亞里斯多德的例外概念。

的要求被排除了，而荒謬則隨著比較而消失不見。相反地，荒謬的人並不會從事這種抹平一切的作法。他接受掙扎，但並不鄙視理性，也接納非理性。他擁抱經驗的所有主題，他很難在理解之前就進行思想上的跳躍。他僅僅知道，不再容有希望的空間。

在舍斯托夫的論述中可以感受到的，在齊克果的著作中也許更加明顯。確實，想從一名如此捉摸不定的作家身上去勾勒出清楚的主張並不容易。然而，在種種的筆名、遊戲與笑聲之上，儘管某些論述明顯彼此對立，但隨著齊克果的書寫風格一路讀下去，卻可以感覺到像是浮現出某種預感（同時含有擔憂）——那是對於在最後幾部著作中終於爆發出來的某個事實的預感：他也做了思想上的跳躍。基督教曾經讓齊克果的童年如此不安，但他最後重新回到它最嚴酷的面貌上。對他來說，矛盾與悖論同樣成為信仰者的標準。於是乎，導致對人生的意義與深度感到灰心的事物，如今卻為他帶來真理與理解。基督教便是醜聞，而齊克果所提倡的是羅耀拉（Ignace de Loyola）[11] 所要求的第三個犧

11 編按：羅耀拉（Ignace de Loyola, 1491-1556），耶穌會的創立者。

牲，亦即最讓上帝感到高興的犧牲：「知性的犧牲。」[12] 這個思想跳躍的結果著實奇怪，卻不再使我們感到驚訝。他把荒謬變成另一個世界的標準，但事實上荒謬不過是這個世界的經驗的某種殘餘。齊克果寫道：「信仰者在他的失敗中，取得他的勝利。」

我毋須去思索這樣的態度和什麼動人的宣道說教有關。我只須知道，荒謬的景象與其特性能否讓這個態度獲得合理的解釋。對此，我知道答案是否定的。重新思考荒謬的內容，可以更加理解啟發齊克果的方法。就世界的非理性與反抗荒謬的鄉愁而言，他無法維持兩者的平衡。他並未尊重兩者的關係，而正是這樣的關係造成了荒謬感。儘管他肯定無法逃避非理性，但他至少可以逃開這個對他來說徒勞又無意義的絕望的鄉愁。然而，假使他在這一點上的判斷正確，他的否定卻不然。假使他藉由狂熱的信仰來取代反抗的呼聲，便導致了他無法了解迄今一直啟發他的荒謬，並且使他把此後所擁有的唯一的確定性（亦即非理性）給神聖化。加里阿尼教士（l'abbé Galiani）曾經對黛比奈伊夫人

12 也許有人認為我在此忽略了根本的信仰問題。但我並非在檢驗齊克果的哲學，或是舍斯托夫的哲學，或是稍後將提及的胡塞爾的哲學（若要檢驗，可能需要另文為之，以及另一種思考態度）；我從他們的論著中借來某個主題，然後檢驗它的推論結果是否符合已然確立的規則。這只是堅持與否的問題。

（Mme d'Epinay）說，重要的並非痊癒，而是與病痛共存。齊克果卻想要痊癒。痊癒是他狂熱的誓願，在他的日記中俯拾皆是。他在智識上的所有努力，都是為了逃避人在處境上的矛盾。但他時而瞥見自己的努力空虛徒勞，比如當他談論自己時，他說既非對上帝的敬畏，亦非虔誠之心，可以為他帶來平靜；在這樣的情況下，所有努力就讓人更加絕望。於是他透過某種牽強的藉口，讓非理性獲得形貌，讓他的上帝獲得荒謬的屬性：毫無道理、不合邏輯與無法理解。而他內在的智識則獨自力圖要遏制來自人心深處的呼求。由於什麼也無法被證明，所以一切皆被證明。

誠然齊克果讓我們看到了他所採取的路徑。對此我無意暗示任何事，但是在他的著作中，必然會見到一種對靈魂刻意的戕害，以平衡接受荒謬所帶來的破壞。這是他的《日記》（*Journal*）中反覆出現的主旋律。「我所缺乏的是同樣屬於人類命運的獸性……所以，請給我一副肉體吧。」他在幾個段落後寫道：「哦！尤其在我年輕的時候，我並沒有致力於長大成人，甚至連六個月的時間都沒有……我所欠缺的，其實是一副肉體與存在所需的身體條件。」在其他的段落中，有如此體悟的同一個人卻呼喊著希望；這麼多個世紀以來，對希望的呼喊曾經激勵過如此多的心靈，除了荒謬的人。「但對基督徒而言，死亡絕不是一切的終結；死亡包含無窮無盡的希望，比起生命給予我們的還要多，甚至當我們身強體健時也比不上。」透過醜聞來和解依舊是和解。這麼做或許能從希望的反面（亦即死亡）推導出希望。然而，即便因為經歷相同而使人傾向這種態度，卻必須指出，過度的作法無法合理化任何概念。這已經超越了人的尺度，所以必定超乎常人的理解。上述的「所以」兩字是多餘的。因為此處全無邏輯上的確定性，也沒有實驗上的可能性。我所能說的只是，這的確超出了我的尺度。即便我沒有從中推導出否定的答案，但至少我完全不想要任何建立在不可理解性之上的事物。我想要知道自己能否依照自己所知的一切來過活，而且僅僅依照這樣的知識。我聽說人的智性應當放棄自身的傲慢，理性也應退讓一步。然而，就算我承認理性有所侷限，但我並不因此就否定它的存在，我還是接受它的相對能力。我只是希望自己走在中道上，維持清楚的理智。這樣的作法如果算是傲慢的話，我看不出有什麼足夠的理由要放棄它。好比說，沒有什麼觀點比齊克果以下的主張更深刻：絕望並非一種事實，而是一種狀態，罪的狀態。因為罪即遠離上帝。然而，荒謬是覺醒的人所擁有的形而上狀態，它並不通往上帝。[13]容我提出以下這個其實荒唐至極的說法，或許會讓這個概念看來更為明白：荒謬是沒有上帝的罪。

問題是如何在荒謬中俯仰生息。我已經知道荒謬建立在什麼基礎上：人與世界彼此相倚，卻無法相融。我問這種狀態的生存規則為何，而我所獲得的建議卻是忽略它的基礎，否定痛苦的對立，並且做出某種放棄。我問我所確認屬於我的這個狀態會引起怎樣的後果，我知道它晦澀難解且無從得知，而我得到保證說：這種無從得知的感受就可以解釋一切，這片黑暗就是我的光明。可是沒有人回應我的想望，而這股激動的熱情並無法讓我看不見矛盾。所以必須改變方向。齊克果或許也發出了警告的呼喊：「假使人不具有永恆的意識；假使

13 我並非說「它排除上帝」；如果這樣說的話，依舊是肯定上帝。

在萬物的深處僅有一股狂野沸騰的力量，在晦暗不明的熱情漩渦中生產著崇高和瑣碎的一切事物；假使在所有事物底下潛藏著什麼也無法填滿的無底虛空，那麼人生若非絕望的話，究竟是什麼？」這聲呼喊無法阻止荒謬的人前進。尋找真實的事物並非尋找想要的事物。假使為了逃避「人生究竟是什麼」這個讓人焦慮的問題，必須像頭驢子般以幻想的玫瑰為食，那麼荒謬的人會無所畏懼地採取齊克果的答案「絕望」，也不向謊言低頭。思量過一切，一個堅決的靈魂總會做出安排。

———

請允許我姑且把這種存在的態度稱為哲學的自殺。但這並不意味著某種判斷。它只是一個方便的作法，用來指稱某種思維活動：思想否定自身，並藉由這樣的否定超越自身。對於存在哲學的思想家而言，他們所否定的就是他們的上帝。嚴格來說，這個上帝唯有藉由否定人的理性，才能獲得支持。[14]然而，如

14 再次重申：此處所質疑的並非對上帝的肯定，而是推導出這個結論的邏輯。

同自殺的問題，神隨著人的不同也有不同的面貌。儘管思想跳躍有多種方式，但重點是在「跳躍」。這些帶來救贖的否定，這些否認尚未跳過的障礙的終極矛盾，可能來自於某種宗教的啟發（這是這個推論所針對的矛盾），也可能出自於理性層面。這些否定與矛盾的想法始終追求著永恆，而僅僅因為如此，它們就進行了思想上的跳躍。

必須再度說明，本文的推論並未將我們這個開明的世紀最廣為接受的精神態度納入考量，亦即立基於「一切皆理性」的原則，並以解釋這個世界為目標。當我們接受了世界應當清楚可解的觀念，理所當然就會賦予世界一個清晰的觀點。這相當合理，但無關乎本文的推論。事實上，我們的目標是闡明思想運作的方法，看它如何從宣稱世界不具意義的哲學出發，到最後能夠從世界之中找到某種意義與深度。在這些思想過程中，最動人者本質上是宗教性的；而它明顯存在於非理性的主題中。然而，最弔詭與最具意義的方法肯定是：以理性論證來解釋它原本以為毫無指導原則的世界。無論如何，必須針對這種新的鄉愁的精神予以闡釋，才能獲得我們的結論。

接下來我將檢視由胡塞爾與現象學家所提出，並成為學術潮流的「意向」（l'Intention）這個主題。這在之前已經間接提過了。胡塞爾式的論述原本就否定理性的古典方法。在此再介紹一次。思想並非以某個大原則為前提，將表象變得統一與相似。思想是重新學習去觀看，去引導意識，使每個形象都成為一個受重視的場域。換句話說，現象學拒絕解釋世界，它只想描述實際的經驗。現象學最初的主張與荒謬的思想一致，認為不存在單一的真理，有的僅是多樣的真理。從晚風到搭在我肩上的那隻手，每個事物都有其各自的真理。而意識藉由投向事物的注意力，照亮了事物。意識並不會創造客體，僅僅關注客體，它是一種投注注意力的行動。借用柏格森（Bergson）式的說法，意識就像個投影機，把焦點投射在某個形象上。差別在於，並沒有固定的劇本，只有連綿不絕、不合邏輯的圖像。在這個魔術燈箱裡，一切的形象都受到重視。意識將它關注的客體置於經驗中。經由它驚人的力量，分離這些客體。此後這些客體皆超乎一切判斷。正是這個「意向」標示了意識的特點。然而，「意向」這個詞並不包含任何目的論的觀念；它只是借用「方向」的意義，它僅有地形學上的價值。

乍看之下，現象學的論述似乎與荒謬的思想沒有任何牴觸。現象學思想顯得極為謹慎，僅侷限在描述它拒絕解釋的事物；這個有意識的紀律與節制，弔詭地衍生出極為充實豐富的經驗，而且在它的叨叨絮絮中，世界因此獲得重生——這種種作法也都屬於荒謬的方法。至少，乍看之下是如此。因為在此處或他處，思想的方法向來具有心理學的面向與形上學的面向。[15]於是它們就包含兩個真理。假使意向性（l'intentionalité）的主題僅聲稱可以闡明心理學上的態度，由此現實將被挖掘而不是被詮釋，那麼事實上它便無法與荒謬思想分開。意向性主題以列舉它無法超越的事物為目標。它僅僅肯定，即使缺乏統一的原則，思想仍舊可以描述與理解經驗的每個面貌。於是對於經驗的每一個面貌來說，「真理」的問題就屬於心理學層面。這樣的真理僅證明了現實可能呈

15 就算是最嚴格的認識論也必須以某些形上學為前提。甚至大部分當代思想家的形上學，除了認識論，別無其他。

現出的「價值」。這是一種喚醒沉睡世界，讓它活躍在思想中的方法。但若想要合理地擴大與建立這個真理的概念，假使因此宣稱發現了每個認識的客體的「本質」所在，那麼我們就恢復了經驗的深度。對荒謬的人來說，這是難以理解的。然而，這個從謹慎到確信的擺盪明顯存在於意向的態度中；而現象學思想所發出的這道閃光，將比任何說法更能闡明荒謬的推理。

胡塞爾也談及由意向所揭露的「超時間性」（l'essence extra-temporelle），讓人頓時想起柏拉圖。不以單一事物來解釋所有事物，而是以萬物來解釋萬物。我看不出差別。確實，意識所「實現」的觀念或本質，尚不能被視為完美的典範。但是這些觀念或本質受到確信，出現在所有知覺的主題中。不再有單一的觀念可以解釋一切，而是有無限多的本質將一種意義賦予無限多的客體。世界停住了，但變得一清二楚。柏拉圖式的實在論（réalisme）變得直觀，但依舊還是實在論。齊克果沉浸在他的上帝裡，巴門尼德的思緒則墜入一統之道。但在此處，胡氏卻熱中於某種抽象的多神論。更驚人的是：幻象與空想同樣也屬於「超時間的本質」。在觀念的新世界中，半人馬的怪物將與較為謙遜的城市人種攜手合作。

對荒謬的人來說，在這個世界萬千面向皆獨特的純粹心理學的觀點中，有真理也有苦澀。萬物皆獨特無異是說萬物皆相等。然而，這個真理的形而上層面更加深遠，以致於經由某種基本的反應，荒謬的人便感覺更加接近柏拉圖了。事實上，他被教導一切的形象皆以某個同樣受到重視的本質為前提。在這個沒有階層的理想世界中，正式的軍隊一概由將軍組成。超越性無疑被消除了。然而，思想的突然轉折，把某種恢復宇宙深度的內在性（immanence）碎片，重新帶入世界中。

我是否應該擔心我把這個由思想家謹慎闡釋的主題扯得太遠了？我只讀到胡塞爾說：「真實的事物本身就是絕對真實的；真理即是一，等同於自身，無論覺察到它的是哪一種生物，人、怪物、天使或神。」這些主張明顯存在著矛盾，但假如我們接受先前的說法，便可以感受到它的邏輯性。理性透過這樣的聲調吹奏勝利的凱歌；我無法否認這一點。在荒謬的世界，他的主張表達什麼樣的意義？天使或神的感知，對我來說都毫無意義。而那個由神聖的理性認可的理性的幾何學領域，永遠都是我無法理解的。在此我再度看到某種思想上的跳躍，儘管表現得極為抽象，但對我而言它意味著遺忘那些我恰恰不想忘掉的事物。胡塞爾在之後的段落聲如洪鐘地說道：「假使服膺萬有引力定律的一切物體消失，該定律並不會因此被摧毀，只不過處於無法應用的狀態。」聽到如此說法，我知道我面對著某種形上學的安慰。假使我希望發現思想明顯脫離證據之路的轉折點，只需重讀胡塞爾有關心智的類似推論：「假使我們能夠清楚地思索心理歷程的正確法則，那麼這些法則同樣會是永恆不變的，如同理論性自然科學的基礎定律。因此即使不存在任何的心理運作過程，但這些法則依然有效。」即便不存在心智，仍然有心智的法則存在！我於是明白，胡塞爾企圖把某種心理上的真理變成理性的規則：他否定了人類理性的整合能力，卻藉由這個迂迴的策略進行思想的跳躍，躍入了「永恆的理性」中。

所以胡塞爾的「具體的宇宙」（l'univers concret）也就不令我驚訝了。假使認為所有的本質並非都是形式上的，也含有物質的（前者是邏輯的，後者是科學的），我認為這都只是定義的問題。我聽說抽象性只意味著具體的普遍性中不一致的部分。然而，概念上的搖擺不定使我得以闡明這些用語上的混淆。因為那可能意指我所注意到的東西，比如這片天空或是水波映在大衣衣角的反光，是我感興趣的真實之物。我並不會否定它。但是那可能也表示這件大衣本身擁有普遍性，具有它特殊而充分的本質，隸屬於形式的世界。我於是了解到，只不過是過程改變了。這個世界不再是一抹投射在更高宇宙上的倒影，形式的天空是地上萬象集合而成。對我而言，這並沒有改變任何事情。相較於面對具體的體驗，也就是人類的處境，我發現一種不限於概括具體性本身的理智主義（intellectualisme）。

對於透過貶低理性與榮耀理性這兩條對立之路而造成思想否定自己的矛盾，我們無須感到訝異。從胡塞爾抽象的上帝到齊克果閃耀的上帝，差距並不大。理性與非理性都通往相同的宣道說教。事實上，走上哪條路並不重要，具有抵達目標的意志就已足夠。抽象哲學家與宗教哲學家從相同的苦惱出發，在相同的焦慮中相互支持。但重要的是解釋的方式。鄉愁比知識更強大。重要的是，當時這股思想潮流是探討世界之無意義的哲學中最具影響力的，也導出最分歧的結論。它持續擺盪在現實的極端理性化與極端非理性化之間；前者將現實分成種種的理性型態，後者則將現實神聖化。兩者的差異只是表面。問題在於相互調解，而對雙方而言，只消進行思想跳躍就能化解分歧。我們總是錯誤地以為，理性的概念是一條單行道。事實上，無論理性概念的野心有多麼大，它並不因此就不會如同其他概念一樣搖擺不定。理性戴著一副全然屬人的面具，但它也懂得轉身朝向神聖的領域。從第一位調和理性與永恆的思想家柏羅丁（Plotin）[16]以來，理性學會了背離它最珍貴的原則，亦即矛盾，以便把最古

16 編按：柏羅丁，又譯普羅提諾（Plotinus, 204-270），出生於埃及的羅馬哲學家。創立新柏拉圖學派。

怪、最神奇的參與原則整合進來。[17]理性是思想的工具，而非思想本身。終究，人的思想便是他的鄉愁。

如同理性能夠緩和柏羅丁式的憂鬱，理性也提出讓現代的焦慮得以在熟悉的永恆背景中鎮靜下來的方法。荒謬的人運氣就沒那麼好了。世界對他來說並非如此理性，也沒有因此而更加不理性。世界是不合理的，就這樣。胡塞爾的理性最終毫無限制。相反地，荒謬則限定了理性的範圍，因為理性無法使它的焦慮冷靜下來。而另一方面，齊克果則主張，只要存在任何限制，就足以否定理性。但是荒謬並沒有走到這麼遠。對荒謬而言，限制只是針對理性的野心罷了。對於非理性，如同存在哲學的思想家所說的，是理性否定自身而變得混亂及逃避。所謂的荒謬，則是清醒的理性，它正看著自己的限制。

正是在這條艱困道路的終點，荒謬的人認清了他的真正動機。在比較了內在的呼求與外在所給予的之後，他頓時領悟到，他將改變方向。在胡塞爾的宇宙裡，世界清澈明晰，而人心對於熟悉感的長久渴望則變得毫無用處。在齊克

17 一、在那個年代，理性必須適應，不然就會消亡。理性於是做了適應。隨著柏羅丁的思路，理性從邏輯性的變成美學性的。隱喻取代了三段論述。
二、這並非柏羅丁對哲學的唯一貢獻。這一整個思想態度已經完全包含在亞歷山大學派（école d'Alexandrie）的思想家所珍視的理念中，其中不只有對於人的理解，也有對於蘇格拉底的理解。

果的啟示錄中，要想滿足理解的渴望，就必須放棄這個渴望。罪過不在理解（如果是的話，那麼每個人都是無辜的），而是對理解的渴望。確實，這正是荒謬的人所能意識到的唯一罪過，它是罪也是無罪。解決之道是，把所有過往的矛盾視為只是論辯的遊戲。但他對這些矛盾的經驗並非如此。矛盾無法解決，必須保留這樣的真實。他不想聽別人的宣道說教。

而我的論證想要忠於那些喚醒他的證據。那個證據就是荒謬；就是存在於渴望的心智與使人失望的世界之間的離異，就是我對於統一的鄉愁，就是這個破碎的宇宙，就是將以上這一切繫起來的矛盾。齊克果壓抑了我的鄉愁，而胡塞爾則重新將這個宇宙聚合成形。這並非我所期待的結果。重點是如何與這些撕裂共存與思考，弄清楚是否應該接受它，或拒絕它。問題不是去遮掩那些顯而易見的事實，或是藉由否認荒謬方程式中的任一項來抑制荒謬。應當去了解我們能否生存其中，或者邏輯是否會叫人為它而死。我對哲學的自殺並不感興趣，我只是關注自殺的問題。我僅希望除去自殺的情感性內容，認清它的邏輯與誠實。而所有其他的立場對荒謬的人而言，都意味著心智在面對自己所揭露的一切時，所表現出的迴避與退縮。胡塞爾認為要服從欲望，逃離「在某種已經極為熟悉與舒服的存在條件下，有關生存與思考的根深柢固的習慣」，然而他最後所做的思想跳躍，卻恢復了永恆與其所帶來的舒適。另一方面，思想的跳躍並未如齊克果所希望的一般，代表一種極端的危險。相反地，危險出現在思想跳躍前的微妙瞬間。要能夠泰然自若地站在這個令人暈眩的山脊上——這就是誠實，其餘的反應都是托詞。我也知道，無能為力的感受啟發了齊克果那種動人的和諧感。然而，儘管在漠然的歷史景致中，無能為力的感受有其一席之地，但它無法在如今已然重要的推理中立足。

荒謬的自由

主要的論點皆已敘述完畢。我找到了幾個我無法推斥的明顯事實。我所知道的事、千真萬確的事、我不能否認的事、我不能拒絕的事——這些才是重要的。我可以否定沉湎於不明確的鄉愁的那個我，而我的其他部分，比如對於統一的想望、對於解決問題的渴望、對於思路清晰與條理的要求，則要予以保留。對於周遭世界觸犯我或使我激動的一切，我可以加以駁斥，但不包括這團混沌、這個主宰的機會，以及這個來自混亂狀態的神聖同等性。我不知道這個世界是否有一個超越它自身的意義。但我知道我並不了解這個意義，而且我目前也不可能了解。如果跳離了我的生存環境，所謂的意義對我有何意義？我僅能以人的觀點來進行理解。我所觸及的事物，或是那些抗拒我的事物，才是我所理解的事物。對於絕對與統一的渴望，以及這個世界難以化約成某個合理的理性原則，我知道我無法調和這兩個確然之事。若不說謊，若不帶著我所缺乏的希望（這種希望在我的處境限制下毫無意義），我能接受什麼真理？

假如我是林中的一棵樹，或是一隻貓，生命便可能擁有某種意義，或者應該說這樣的問題就沒有任何意義，因為我原本就屬於這個世界的一部分。我**就**

是這個我以我全部的意識以及對熟悉感的要求所對抗的世界。正是這個可笑的理性，使我與萬物對立。我無法一筆勾消。對於我信以為真的事物，我應當堅持下去。而在我看來如此明顯的事物，即便與我的理念背道而馳，我也應當支持它。是什麼造成了這個世界與我的心智之間的衝突與斷裂？若不是認清這一切的意識，還能是什麼？如果我希望保持這樣的衝突與斷裂，那麼我必須時時保持清醒、始終處於警覺的狀態。這就是我目前必須牢記在心的事。就在此刻，清楚明白又難於征服的荒謬，已經回到人的生活中，重新看見它的故鄉。也正是此刻，心智可以離開這條由理性的努力所踏過的荒漠之道。這條路現在通往日常生活的現場，重新見到「無名的眾生世界」，而此後人將懷抱著反抗與明智回到其中。他已經忘記了希望。這個眼下的地獄是他的王國。所有的難題重拾利刃的鋒芒。面對著種種形式與色彩所煥發的熱情，抽象的事實撤退了。精神的衝突走向具體化，並且在人們的心中重新發現可悲又偉大的藏匿處。任何衝突都沒有獲得解決。不過所有的衝突都改變了樣貌。我們將走上絕路嗎？或藉由思想跳躍去逃避？或在觀念與形式上，重建一座與個人相稱的屋舍？或者，相反地，我們要投入那既撕裂人心又令人讚嘆的荒謬賭注？讓我們做出最後的努力，從中取得一切屬於我們的結果。於是，肉體、情感、創作、行動、人性的高貴，都將在這個不合理的世界中重新就定位。而人最終將重新發現荒謬的美酒與漠然的麵包，用來滋長自身的偉大。

再度強調方法的重要性：重點在堅持不懈。荒謬的人會受到誘惑。即使沒有神，歷史也不乏宗教和先知。荒謬的人被要求躍入其中。而他所能提出的回答是，他並不全然了解，事情並不明朗。他只想做他能夠清楚理解的事。別人信誓旦旦指稱他的作法犯了傲慢的罪，但他無法領會罪的概念；別人還說，也許地獄就在人生盡頭等著你，但他沒有足夠的想像力得以想像如此古怪的未來；別人繼續說，他會喪失不朽的生命，但他覺得這根本無關緊要。人們希望他承認自己有罪，但他覺得自己是無辜的。坦白說，他僅感受到自己無可藥救的無辜。正是無辜，使他可以隨心所欲。因此他要求自己**僅僅**依照他所知的一切來過日子，就事論事，不接受任何不確定的事物。人們於是對他說，沒有什麼事情是確定的。這一次，這個說法至少具有某種可靠性。這正是他所關心的：他想要知道是否可能過著**沒有訴求**的生活。

——

現在我可以來談談自殺的概念。我們已經知道可能的答案是什麼。但這會兒問題倒過來。原先的問題是去了解人生是否應當具有一個值得活下去的意義。現在的問題則是，人生在沒有意義的情況下是否更值得活。體驗某種經驗、某種既定的人生，也就是全然地接受它。然而，如果知道人生是荒謬的，便沒有人會活下去，除非他努力將意識所發覺的荒謬擺在眼前。否定生活的對立就是逃避它。放棄意識的反抗就是逃避問題。持續的革命這個主題於是被帶入個人的經驗中。活著就是要活出荒謬。而活出荒謬的首要重點就是思索荒謬。不同於女神尤麗狄絲（Eurydice），荒謬只會死於當我們背離它時。因此反抗是少數一致的哲學立場。反抗是人與自身的晦暗面持久的對峙。它是對某種不可能存在的透明性的迫切要求。它是每分每秒重新質疑世界。如同危險帶給人掌握意識的大好機會，形而上的反抗則透過整個經驗來擴展意識。反抗是人時時看見自身的在場。它並非憧憬，它全無希望。這樣的反抗是征服命運，而非屈服於命運。

這正是荒謬的經驗與自殺的分道揚鑣。我們可能會以為自殺隨著反抗而來。但這是錯誤的。因為自殺並非合乎反抗邏輯的結果。自殺不同於反抗，它是一種認同。如同思想的跳躍一般，自殺是一種極端的認命。一切告終，人重新回到他根本的歷史去。他的未來，他唯一且駭人的未來，他清楚看見了它，並加速朝它奔去。自殺以它的方式解除了荒謬。自殺領著荒謬走進死胡同裡。然而，我知道，荒謬為了堅持下去，無法被解除。由於荒謬同時是覺醒以及對死亡的拒絕，所以它逃避自殺。死囚最後一縷思緒愈飄愈遠，甚至就在他面臨最終的下墜之際，他無視一切，只瞥見幾公尺遠的一條鞋帶——而荒謬就是那條鞋帶。確切而言，與自殺者對立的就是死囚。

這樣的反抗賦予生命價值。它貫穿人的一生，恢復生命的崇高。對於一個沒有蒙住眼睛的人來說，最美的演出莫過於智識與人所不理解的現實之間的戰鬥。人性驕傲的演出是無與倫比的。任何的輕蔑都起不了作用。這種由心智強加給自身的紀律，這個由所有碎片鑄成的意志，這種面對面的遭逢，含有強大非凡的特質。這個現實的非人性造就了人的崇高，而削弱這個現實同時也就削弱了人本身。於是我了解為何解釋一切的教條同時也讓我衰弱。教條卸下我的人生重擔，然而那是我必須獨力去承擔的。我無法想像懷疑論的形上學可以與某種棄世的倫理相結合。

意識與反抗，這些拒絕正是棄世的相反。人心中所擁有的一切不可化約的成分與充滿激情的元素，窮其一生激勵著意識與反抗。因此不接受死亡，與死亡對抗的意志，是必要的。自殺則渾然不知意識與反抗的價值。荒謬的人只能窮盡一切與窮盡自我。荒謬是他獨自奮戰的壓力，因為他知道，在意識中，在日復一日的反抗中，他證明了他的唯一真理，那就是挑戰。這是荒謬所導致的第一個結果。

——

假使我維持這個經過思考的立場，亦即從某個已經揭露的概念去推導出所有的結果（而且只重視這些結果），那麼我就面對著第二個矛盾。為了忠於這個方法，我就不討論形而上的自由問題。我並不關注人是否自由的問題。我只能體驗到我自己的自由。關於這一點，我沒有一般性的概念，只有幾個清楚的見解。去探討「自由本身」是沒有意義的，因為這個問題以不同的方式連結到上帝的問題。了解人是否自由的問題，涉及人是否可以有一個主人。這個問題特有的荒謬性來自於：使自由的問題得以成立的概念本身，同時消除了這個問題的所有意義。因為在上帝面前，只有罪的問題，沒有自由的問題。有兩個選擇：若非我們沒有自由，而萬能的上帝對罪負責，不然就是我們擁有自由，並且對罪負責，而上帝就不是萬能的。一切學派的詭辯都沒有辦法解決這個矛盾。

這就是為什麼我不能迷失於頌讚某個概念或是它的簡單定義——一旦這個概念超出我個人的經驗，它就無法被我所理解，也因此失去了意義。我無法想像由某個更高的存在所給予我的自由會是什麼樣的自由。我早已失去了階層的概念。我所能夠擁有的自由概念，僅僅如同在國家體制內的現代人或囚犯所擁有的自由。我所熟悉的唯一自由，是思想與行動的自由。然而，假使荒謬抹除了我獲得永恆自由的機會，它反而還給我行動的自由，並且頌讚這樣的自由。而剝奪了希望與未來，意味著人的不受拘束性（disponibilite）的擴張。

平凡的人在尚未遇見荒謬之前，生活會有所目標，他關心未來，也重視正當的理由（至於為誰或為何事則不是重點）。他會評估他的機會，他會指望以後的日子、退休或兒子的工作。他還認為可以引導生命中某些事情的發展。確實，他在行動上看起來彷彿是自由的，即便所有的事實與他作對，與他的自由背道而馳。然而，在遇見荒謬之後，一切就開始動搖了。對於「我是誰」的想法，以及那彷彿一切皆有意義的行動方式（即便有時候我也會脫口而出一切都沒有意義），這種種的一切以某種令人暈眩的方式被死亡的荒謬性所否定。思考明日、設定目標、擁有愛好，這一切皆以對自由的信念為前提，即使有時候我們並沒有明確感受到自由。但是就此刻而言，我很清楚這個更高的自由，這個能夠建立某種真理的存在的自由，並非如此。死亡一直在那兒，像是唯一的現實。死亡之後，一切告終。我甚至並不擁有永垂不朽的自由，我只是奴隸，一個沒有永恆革命的希望、無法求助於輕蔑的奴隸。沒有革命也沒有輕蔑的人會是奴隸嗎？少了永恆，什麼樣的自由具有完整的意義？

但荒謬的人了解，他是被自由的假設給束縛了，他一直依靠這個幻想而活。在某種意義上，這個幻想阻礙了他。他想像自己的人生有個目標，他適應了這個想要完成目標的要求，由此成為他的自由的奴隸。如此一來，除了成為一個我將來要擔任的養家餬口的父親（或工程師，或人民的領袖，或郵局冗員），我完全不知道其他行動方式的可能性。我以為我可以選擇成為人父，而不是其他角色。我確實不自覺地如此相信。我周邊的人的信念和偏見（其他人如此確信擁有自由，這麼正面的情緒相當具有感染性）支持我的假設。無論我們可以與道德上或社會上的偏見保持多遠的距離，還是會受到部分的影響，甚至一生都遵從著其中最好者（偏見有好的，也有壞的）。因此，荒謬的人明白，他並非真的自由。確切而言，因為希望，因為我關心某個屬於我的真理（無論是本來就存在或是創造而來的），我安排了我的人生，並且為了證明生命是有意義的，於是我就為自己創造出屏障，將我的人生收束在屏障內。我的作為如同心靈的官僚，他們令我反感，而我現在明白了，他們唯一的缺點就是認真看待人的自由。

荒謬告訴我未來並不存在。這就是我能夠擁有內在自由的理由。在此我將進行兩個比較。首先，信仰狂熱的人從奉獻中覓得自由。他們沉浸在他們的神祇中，認同神所指示的規則，一個接一個祕密地獲得自由。正是這種自願的奴隸身分，他們發現了某種內在的獨立性。然而，這樣的自由有什麼意義？可以說，他們感受到了自由，但這種自由比不上那些真正被解放者的自由。同樣地，由於荒謬的人轉向死亡（死亡是最顯著的荒謬），他知道死亡已經成為他關注的對象，並且在他內心凝聚成形，他於是感到自己從所有與它無關的事物中解脫。他享受著一種關於一般規範的自由。由此可見，存在哲學最初探討的主題中，皆保留了共同規範的價值。而回歸到意識本身、逃離日常生活的休止狀態，是荒謬的自由所採取的第一步。它所涉及的正是存在哲學的宣道說教；存在哲學藉此所進行的精神思想的跳躍，實際上就是為了逃避意識。同樣地（這是我的第二個比較），古代的奴隸也是身不由己的。但他們熟悉這種沒有責任感的自由。[18]死亡也擁有這麼一雙貴族的手，既能鎮壓，也能解放。

自我迷失於那無底的確定性，感覺從此是自己人生的局外人，但這樣的距離足以擴大生命，擺脫彷彿情人般的如豆目光——在此存在某種解放的原則。這個嶄新的獨立性有時間限制，如同所有行動的自由。它不會開一張永恆的支

18 此處是事實的比較，而非謙遜的辯解。荒謬的人相對於妥協的人。

票。但它替代了**自由**的幻覺；所有幻覺因死亡而終結。在某個破曉時刻，死囚眼前的監獄大門打開了，他那神聖的不受拘束性，他那難以置信的對於一切漠不關心的模樣，除了生命純粹的火焰——顯然在此死亡與荒謬是唯一合理的自由原則，它們是人心可以感受與體驗的。這即是荒謬所導致的第二個結果。荒謬的人由此瞥見一個灼熱又冰冷、透明又受限的宇宙，毫無任何的可能性，卻又提供一切機會，而在這個宇宙之外，就是崩解與虛無。他於是決定接受這樣的宇宙，從中汲取力量，拒絕希望，並且尋找對這個毫無慰藉的人生的堅定證據。

———

然而，在這樣的宇宙中，生命的意義是什麼？目前它僅意味著對於未來的不感興趣，以及一股竭盡所有可能性的熱情。相信人生具有意義向來暗示著某種價值體系、某種選擇與偏好。然而，根據我們的定義，相信荒謬卻恰恰相反。這值得一番討論。

了解人是否可能過著**沒有訴求**的生活，是我唯一的興趣。我無意偏離於此。我能夠適應我所獲得的這個人生樣貌嗎？面對這個特別的憂慮，相信荒謬就等於以經驗的「量」取代「質」。假使我以為人生除了荒謬別無其他，假使我體會到人生的平衡取決於意識的反抗與它所戰鬥的黑暗面之間的對立，假使我承認我的自由唯有與受限的命運相關時才有意義，那麼我應當指出，重點並非獲得最好的生活，而是如何活出最多的可能。我毋須懷疑如此的想法是庸俗或反叛、巧妙或可悲的。在此將徹底排除價值的判斷，以彰顯事實的判斷。我只需從我所能明白的事物中推導出結論，不必冒險嘗試任何的假說。如果這樣活著並不誠實，那麼真正的誠實將使我做出不誠實的行為。

活出最多的可能，就廣義而言，這條規則毫無意義。它必須加以定義。首先，「量」的概念尚未深入探討。因為它可以說明大部分的人類經驗。人的道德與價值體系，唯有經由經驗累積的數量與多樣性，才具有意義。然而，現代的生活條件把相同的經驗強加在大多數人身上，結果經驗的深度也相似。確實，同樣必須考慮到個人自發的貢獻，也就是他「給出」的元素。但我無法對此做出判斷；再次重申，本文主要是分析可見的事實。我於是了解到，公共倫理的個別特性與其說是存在於基本原則的理想性意義上，不如說是存在於可以測量的經驗標準。希臘人以稍微誇張的方式制定了休閒規範，如同我們每日工作八小時的規定。但有許多人，尤其是那些最悲慘者，使我們預見更長的工時經驗將會改變這樣的價值。這些人讓我們得以想像，一名日常生活的冒險家，僅僅藉由改變經驗的量，就打破了所有紀錄（我是故意使用運動場上的用語），並因此贏得他的倫理規則。[19]為了避免陷入浪漫主義，讓我們自問，對於決心接受賭注、嚴格遵守他所認定的遊戲規則的人來說，這樣的態度有什麼意義？

　　要打破所有紀錄，首先得盡可能地面對世界。這如何在沒有矛盾、不玩文字遊戲的情況下做到呢？因為一方面荒謬告訴我們所有經驗都是無關緊要的，

……重點並非獲得最好的生活，而是如何活出最多的可能。

19 量有時也會造成質的改變。假使我信賴最新的科學理論，相信一切物質均由若干能量中心所建構。物質在數量上的多或少，可使其獨特性大或小。十億顆離子與一顆離子的差異，不僅在數量，也在性質。在人類經驗中可以輕易看到類似現象。

另一方面荒謬又繼續朝著最多的經驗前進。我們如何能不落入之前談及的那些人的反應？亦即選擇為我們盡可能帶來這種人性物質的生活形式，並因此引入我們聲稱揚棄的價值體系？

再一次，荒謬與矛盾的生活可以給予我們啟示。我們錯以為經驗的量取決於我們的生活環境，但實際上它只取決於我們本身。在此必須簡化問題。對於兩個壽命相同的人來說，世界必然提供他們總量相同的經驗。我們必須意識到這些經驗。去感受生活，感受反抗與自由，並且盡可能這麼做，這就是活著，活出最多的可能性。在清醒的意識所主宰的地方，價值標準變得毫無用處。讓我們更進一步簡化問題。唯一的阻礙，唯一「讓人無法獲益的缺陷」，正是過早死亡。此處所提及的世界，僅僅通過相對於死亡這個不變的因素，就能長存下去。如此一來，在荒謬的人眼中，任何深刻洞察、情感、熱情與犧牲，皆無法使四十年有意識的生活等同於六十年的清醒歲月（即便他希望如此亦無法如願）。[20]瘋狂與死亡都是他無法挽回的事。人並不做選擇。荒謬與它的生活**並不取決**

20 這樣的反思亦出現在像虛無這樣獨特的概念上。它對現實不做增減。在虛無的心理學經驗中，必須去思考兩千年後所發生的事情，我們自身的虛無才能真正獲得意義。就某個面向而言，虛無是由未來的生命總和所組成，但那並不是我們的生活。

21 在此處意志只是代理者；它傾向於維持意識的清醒。它為生活帶來紀律，這一點明顯可感。

於人的意志，而是取決於它的對立面——死亡。[21]如果仔細斟酌用語的話，這完全是運氣的問題。我們應該能夠贊同這個看法。二十年的生活與經驗是絕對無法被取代的。

身為一個老練世故的民族，希臘人有一個古怪不合邏輯的想法，他們宣稱英年早逝者是諸神所鍾愛的人。這倒是真的，如果你願意相信進入諸神的可笑世界意味著永遠失去最純粹的喜悅——亦即感受的能力，感受人間大地的一切。意識永遠清醒的靈魂專注於眼前一個接著一個出現的此刻，這是荒謬的人的理想。但理想這個詞帶有虛假的聲音。這甚至不是他的使命，只是他的推理所導致的第三個結果。從對於非人性的焦慮出發，對荒謬的沉思在旅程的終點之際，回到了人的反抗所點燃的熱情火焰的核心。[22]

因此，我從荒謬推導出三個結果：我的反抗、我的自由與我的熱情。僅僅藉由意識的活動，我將死亡的誘惑轉變成生活的準則，而且我拒絕自殺。我確實知道這些日子以來鎮日迴盪著悶響。不過我只有一句話想說：那是必然的。

22 重要的是連貫性。我們從接受這個世界出發。但東方思想告訴我們，人可以選擇反抗世界，卻同樣致力於相同的邏輯推論。這也是合理的，而且為本文提供了觀點與限制。但當人們以嚴厲的方式否定這個世界時（如某些吠檀多派），往往會獲得類似的結果，比如對於行動的漠不關心。在柯尼葉（Jean Grenier）重要的著作《抉擇》（*Le choix*）中，就以這個方法創立了真正的「漠然的哲學」。

當尼采寫道：「顯而易見，天上與地上的主要之事，就是長久地**服從**下去，並且始終保持相同的方向：久而久之，就可以歸結出某些結果，讓人獲得值得繼續活在人間的理由，比如美德、藝術、音樂、舞蹈、理性、思想，以及某種讓人脫胎換骨的事物，與某種精緻、瘋狂或神聖的事物。」他氣度恢宏地闡述了某種倫理規則。不過他也以此描繪出荒謬之人必經的道路。服從心中的火焰是極容易又極困難的事。但是人在與困難較量時，偶爾自我評斷一番也是好事一樁。他是唯一能這麼做的人。

「祈禱是，」哲學家阿朗（Alain）說：「當夜幕籠罩思緒。」神祕主義者與存在主義哲學家回答道：「不過心智必須先遇見黑夜才行。」確實如此，但那並非蒙上眼睛，由人的意志所生的黑夜——一襲心智所召喚並投入其中的陰鬱而封閉的夜色。假使心智必須遇見黑夜，那毋寧是清醒的絕望的深夜，或是某個心智徹夜不眠的嚴寒夜晚，而從這樣的夜幕中，也許將冉冉升起熾白而完整的清澈之光，在智識的光線下勾勒出萬物的輪廓。在這個層次上，熱情的理解將均等地面對一切。於是，甚至不必再評斷存在哲學的思想跳躍。它重新在這幅呈現人類態度的古老壁畫中，覓得自己的位置。而對於觀畫者來說，如果他意識清醒，那麼這個思想跳躍依舊是荒謬的。只要它自以為解決了這個矛盾，它便恢復其完整。就這一點而論，它是令人感動的。萬物再度各就其位，而荒謬的世界在它繽紛與多樣性中再生。

停止是不好的，也很難只滿足於單一的理解觀點且不帶矛盾地前進；矛盾也許是所有精神形式中最微妙的一種。本文所述僅在定義一種思想方法。而現在則必須面對生活實踐的問題。

……重點並非獲得最好的生活，而是如何活出最多的可能。

荒謬的人

假如斯達夫洛金信神，他並不認為自己信神。假如他不信神，他也不認為自己不信神。

——杜斯妥也夫斯基，《附魔者》（*Les possédés*）

歌德說：「我的場域就是時間。」這確實是一句荒謬的話。荒謬的人究竟是什麼呢？他不否定永恆，亦不為永恆效力。鄉愁對他來說並非陌生。但他偏好勇氣與推理。勇氣教他要過著**沒有訴求**的生活，滿足於他所擁有的一切；而推理則讓他知道自己的侷限。在他確定了他的自由有限、他的反抗沒有未來、他的意識終有消亡的一天，他於是投入一生的時間持續自己的冒險。他的生命便是他的場域與行動，不受自己的判斷以外的任何判斷所影響。對他而言，一個更偉大的人生並不意味著另一生。那是不公平的。我在此甚至沒有使用那個叫做「來世」的可笑的永生。羅蘭夫人（Madame Roland）相信自己。她的輕率已經得到教訓。後人樂於提及她的話，卻忘記加以判斷。羅蘭夫人對來世完全不感興趣。

我們可以不必對道德問題做長篇大論。我見過許多道德高尚的人卻壞事做盡；我每天都看到誠實正直並不需要什麼規則。荒謬的人僅能接受一種不與上帝分離的道德：被支配的道德。但他正好活在這位上帝的勢力範圍之外。至於其他的道德（我也聽說有非道德主義），在荒謬的人眼中只是人們合理化行為舉止的作法，而他毫無任何需要合理化的事。在此我就以他的無辜這個原則作為論述的起點。

這樣的無辜令人害怕。伊凡．卡拉馬助夫（Ivan Karamazov）呼喊道：「一切皆允許。」從中也能感受到他的荒謬。但這不能以一般的意義來理解。我不知道人們是否注意到：那聲吶喊並非來自解脫與喜悅，而是對某個事實的痛苦確認。相信神賦予生命意義，比擁有做壞事而不受懲罰的能力更吸引人。選擇並不困難。然而，因為沒有選擇的機會，痛苦便由此而生。荒謬並不會帶來解脫，反而將人捆綁起來。它不允許所有的行動。「一切皆允許」並不表示沒有任何禁止。荒謬只是讓所有行動的結果都變得相等。它並不建議犯罪，這麼做太幼稚了，但它讓悔恨顯得無用。同樣地，假使所有的經驗均無差別，那麼負責盡職與其他經驗一樣正當。任性妄為也能是一種德行。

所有的道德都基於以下概念：某個行動產生了若干結果，而這些結果若非正當化這個行動，要不就是抵銷它。而一個深信荒謬的人卻只是認為，應該冷靜思考這些行動的後果。他隨時準備好要付出代價。換句話說，只有負有責任的人，沒有有罪的人。他至多同意，過去的經驗可以作為未來行動的基礎。時間將使時間長存，生命將為生命效力。在這個侷限又充滿可能性的場域中，屬於他的一切，除了清醒的意識，其他都是難以預料的。從如此不合理的秩序中可以推導出怎樣的規則？對他可能有所教益的唯一真理並非形式上的，而是發生在人群中，在其中獲得生命。所以荒謬的人在推理結束之際，他所期待的並非倫理準則，而是例證與人們的生活氣息。接下來將提及的幾個人物形象皆是如此。他們用一種特別的態度和生氣延續了荒謬的推理。

所舉之例不必然是要追隨的範例（在荒謬的世界中尤其如此，假如可能的話），而且這些例證並非因此就是學習的榜樣——對此我還需要多做說明嗎？除非真有志於此，不然有樣學樣，比如由盧梭（Rousseau）那裡推導出人必須爬行，從尼采推導出虐待母親是恰當的，將使我們的行徑變得荒唐可笑。某位當代作家寫道：「荒謬是必要的，但不必成為傻子。」我們將討論的態度問題，唯有做了正反的思考之後，才能獲得完整的意義。如果郵局冗員與征服者的共同點是覺醒的意識，那麼他們並無差別。就此而論，一切經驗皆無關緊要。有些經驗能為人所用，有些則不然。如果人具有意識的話，經驗就能為他所用，否則經驗毫無重要性：人的失敗不能用來論斷周遭的情況，而是用來評價他自己。

我只選擇那些以竭盡自己為目標的人，或是我看到在竭盡自己的人。僅止於此。我目前只想要談論一個思想和人生都被剝除了未來的世界。一切使人運作與使人不安的事物都利用了希望。所以唯一不造假的思想，就是貧瘠不毛的思想。在荒謬的世界中，概念或生命的價值是依照貧瘠的程度來衡量。

唐璜主義

假使只要愛已足夠，那事情就太簡單了。愛得愈多，荒謬就愈牢固。唐璜並非因為缺乏愛而流連於一個又一個的女人。把唐璜看成是一個追求完整愛情的神祕主義者是可笑的。然而，確實是因為他以同樣的激情去愛她們，每一回都全心投入，他才必須重複他的天賦與這樣深切的追求。正因如此，每個女人都希望帶給他從未有人給過他的經驗。但每一回她們都錯了，僅僅成功地使他感覺到那種不斷追求的需要。其中一個女人喊道：「我最終也給了你愛情啊。」唐璜回答說：「最終？喔不，是再一次而已。」對此我們會感到驚訝嗎？為何要為了愛得深就愛得少呢？

唐璜會憂鬱嗎？很可能不會。難以根據傳聞來證實。他的笑聲與勝利者的狂妄，他的嬉鬧與對戲劇化的偏好，是如此清楚可感，如此歡愉。每個健康的生靈都傾向於擴展自身。唐璜亦是如此。尤其，憂鬱的人有兩個憂鬱的理由：他們不知道，或他們有所希望。但唐璜知道，而且他不抱希望。他使人聯想起那些知道自己侷限的藝術家：他們不會超越自己的侷限，不安時也能維持自己的精神立場，享受做主的自在從容。這正是天賦所在：知道自己界限的智慧。

唐璜直到肉體死亡前，都不會明白憂鬱為何物。而在他知道大限將至的那一刻，他所爆出的笑聲使人原諒了一切。他曾在懷抱希望的時期感到憂鬱。而今日，在那個女人的唇上，他體會到這個非凡的自我理解所帶來的苦澀又撫慰的滋味。苦澀？幾乎不：那是使幸福顯現的必要的缺陷！

若把唐璜視為是受《傳道書》（*L'ecclésiaste*）思想所培育的人，實在有誤。對他而言，最虛幻的事莫過於懷抱對另一世的希望。由他拿來世賭上天堂這一點即可見一斑。迷失在歡快中的慾望所滋生的悔恨，這種軟弱者的老生常談並不屬於他。這個說法更適合描述浮士德（Faust）：他如此信仰上帝，以致於把自己也賣給了魔鬼。對唐璜而言，事情則簡單許多。劇作家莫里納（Molina）筆下的愛情騙子（Burlador，即唐璜），在面對地獄的威脅時回答說：「你也讓我等太久了吧！」死亡之後的事無關緊要，對知道如何生活的人來說，一天又一天的日子如此漫長！浮士德渴望獲得世間的珍寶，這個不幸的人只能伸出乞討的手。當他不懂得取悅靈魂時，他就已經出賣它了。相反地，唐璜堅持滿足。假使他離開某個女人，絕非因為他對她不再有任何想望；美女總是能撩起人的慾望。原因只是因為他想要別的女人。這是不一樣的事。

這樣的人生滿足了他所有的願望，沒有什麼比失去它更糟的事了。這個狂人是偉大的智者。依靠希望而活的人卻很難適應這樣的世界：在其中，親切讓位給慷慨、情感讓位給剛強的沉默、親密讓位給孤獨的勇氣。人人都忙著說：「他是弱者，他是理想主義者，或他是聖徒。」必須貶低這種侮辱人的崇高。

——

對於唐璜的言論與他對所有女人的評語，人們感到相當惱怒（或是發出那種心照不宣、貶低所欽羨者的嘲笑）。但是對於那些想追求更多歡愉的人來說，重要的只有功效。何苦把密碼弄得更加複雜呢？不管男人或女人，沒有人在乎密碼；他們只是在聽發出密碼的聲音。這個密碼就是規則、慣例與禮節。密碼被說出來之後，還有重要的事情要做。唐璜已經準備好去做了。他何必自尋道德問題？他並非作家米洛茲（Milosz）筆下的馬涅哈（Mañara）[23]，妄想成為聖徒而受地獄之苦。對他來說，地獄是人們所挑起的事物。對於神的憤怒，他只有一個回應，那就是人的榮譽。他對騎士團長（Commandeur）說：「我是個有榮譽的人，我將會履行我的承諾，因為我是個騎士。」然而，把他視為非道德主義者也是大錯特錯。在這方面，他「如同所有人一般」，有道德的好惡。想要理解唐璜，唯有參照他在世俗上所象徵的人物：一個尋常的誘惑者，一個追逐女人的男人。他不過就是個平凡的誘惑者。[24]區別在於他是有意識的，這也是他為何荒謬的原因。一個清醒的誘惑者並不會因此就改變。誘惑女人是他的常態。他只有在小說中才會改變，才會變成更好的人。不過也可以說，既無改變，也皆已改變。唐璜實踐的是「量」的倫理，與聖人朝向「質」的努力相反。不相信事物的深層意義，是荒謬的人的屬性。至於那一張張熱情的臉龐或是驚訝的表情，他見過，收藏起來，然後離開。時間跟著他的腳步前進。荒謬的人不與時間須臾分離。唐璜並沒有考慮「收集」女人。他竭力追求數量，

23 編按：米洛茲（Oscar Milosz, 1877-1939），法國詩人，馬涅哈是他戲劇作品 *Miguel Mañara. Mystère en six tableaux* 的角色。

24 就誘惑者完整的意義而言，同時包含了缺點。任何合理的態度都包含著若干的缺點。

而隨著她們他也耗盡了自己的人生可能。收集意味著人能夠依靠過往而活。但他拒絕悔恨，因為那是希望的另一種形式。他無法看著一幅幅畫像。

那麼他是個自私的人嗎？按照他的行徑來看，確實是。然而，在此依然是理解的問題。有些人為活而生，有些人為愛而生。至少唐璜會樂於這麼說。但他可能說得過於簡短，彷彿他可以選擇似的。因為此處所談的愛情，已經披上永恆的幻想。所有愛情專家都教導我們，世上沒有永恆之愛，只有被阻撓的愛情。幾乎沒有戀情是毋須掙扎的。這種愛情唯有在死亡這個最後的矛盾到來時，才劃上句點。我們必須成為少年維特，不然就「什麼都不是」。在此仍然有幾種自殺的方式，其中之一即是全面的獻身與遺忘自我。如同其他人，唐璜明白這種方式是扣人心弦的。然而，他是少數知道重點並非在此的人。他也深知，那些因為偉大的愛情而背棄個人生活的人，可能因此充實了自己，卻必定使他們因愛所選擇的對象的生命變得枯竭。母親與多情的妻子必然擁有一顆封閉的心，因為她們的心背離了世界。她們面對著單一的感受、單一的存在與單一的面容，其他一切都被吞噬了。攪動唐璜的是另一種愛情，這種愛情是解放的。隨著這種愛情而來的是世界的萬千面貌，它之所以令人顫慄則是因為它自知有消亡的一天。唐璜選擇成為「什麼都不是」的人。

對他而言，重點是看清一切。我們根據書或傳說的集體觀點，才會把連結我們與某個人的關係稱作愛情。然而，關於愛情，我只知道它是把我與某個人連結起來的慾望、情感與智識的混合物。這個複合體因人而異。我無權用一個相同的詞去涵蓋所有這些經驗。如此一來，人就不會以相同的作為去行動。在此荒謬的人再度無法如融入。他由此發現了一個至少能解放他自己的嶄新的存在方式，同時也能解放那些朝他走近的人。並不存在高貴的愛，只有那種意識到自身短暫又獨特的愛。正是所有這些死亡與再生，編織出唐璜花團錦簇的人生。這是他付出的方式，也是他使人生充滿活力的方式。他是否是個自私的人，就留給世人來評斷。

現在我想到所有那些希望唐璜受到懲罰的人。不僅在另一世遭到報應，也在此世。我思考著所有那些著墨於唐璜老年的故事、傳說與嘲笑。但唐璜對此早有準備。對有意識的人來說，老年與它所預示的一切並非意料之外的事。事實上，唯有在他不對自己隱瞞暮年的恐怖時，他才是個覺醒的人。在雅典曾有間獻給老人的神廟。孩童會被帶到廟裡去。對唐璜來說，人們愈是嘲笑他，他的形象就愈鮮明。他因此拒絕接受浪漫派作家賦予他的形象。在他們筆下，沒人會想要嘲笑這個備受折磨的可憐蟲。世人皆同情他，然而，上天會拯救他嗎？並非如此。在唐璜所瞥見的世界裡，也包含嘲笑。他覺得自己被懲罰是很正常的。這是遊戲規則。而他的可貴之處正是在於他接受全部的遊戲規則。不過他清楚自己是對的，而懲罰並沒有問題。命運並非懲罰。

這正是他的罪行，而且我們很容易理解嚮往永恆的人們會祈禱懲罰降臨在唐璜身上。他獲得某種毫無幻覺的知識，否定了他們所宣稱的一切。愛與占有，征服與耗盡，這就是他認識的方式。（聖經把「認識」稱為肉體的行為有其意義）他是他們最凶惡的敵人，他忽視他們。某個編年史作家說，那個真正的「愛情騙子」是被方濟會修士謀殺而死；這些修士想要「結束唐璜縱慾與褻瀆的行為，因為他的出生保證了他的不受懲罰」。他們之後宣布，上天以閃電劈死了他。沒有人可以證實這個奇怪的結局。但也沒有人提出相反的事證。雖然我並未思考此事的真假，我還是可以說它是符合邏輯的。在此我要指出「出生」這個詞：事實上，他的「生」，亦即他活著的事實，保證了他的無罪。是死亡使他有罪，使他遺臭萬年。

冰冷的騎士雕像最終動了起來，懲罰這名膽識過人的血性漢子，只因為他敢於思考——這代表著什麼意義？所有來自永恆理性、秩序法則與普遍道德的權威，所有出自某個可能發怒的上帝的外來權勢，全都體現在它身上。這尊沒有靈魂的巨大石像，象徵著唐璜永遠否定的力量。但是騎士的任務到此為止。

閃電與雷鳴會重新回到由人假造的天國，等待人們下次的召喚。但真正悲劇的上演，與雷電毫不相干。唐璜絕非命喪於石像之手。我樂於相信傳說中的對峙場面，這名身心健全的男子的瘋狂笑聲挑戰了一個並不存在的上帝。我尤其以為，唐璜在安娜（Anna）家中等待的那個晚上，騎士並沒有現身，而午夜過後，不相信上帝的唐璜應該察覺到那種可怕的苦楚——那些想法正確的人內心的感受。我更樂於相信，有關唐璜一生的故事，最後結束在他歸隱修道院。這個故事並非真有教益。但他可以向上帝請求怎樣的庇護呢？這毋寧代表著，某個全然充滿荒謬的人生合乎邏輯的結果，與某個及時行樂的生活方式的冷酷收場。肉體的歡快在此以禁慾告終。我們必須理解，縱慾與禁慾可能是某種貧乏的兩面。我們還能想像更可怖的畫面嗎？一個被自己肉體背叛的人，只因未及時喪命，在等待終局到來前持續著人生這齣戲，與他並不愛慕的上帝對視，侍奉它如侍奉人生，他跪在虛空之前，雙臂伸向一個他明知沒有深度也毫無說服力的天國。

在某座坐落於西班牙山丘上的偏僻修道院裡，我看見唐璜獨處斗室。如果他在思考著什麼，那肯定不是已消逝的愛情幻影，或許透過城牆上灼熱的窄縫，他看見西班牙的寧靜原野——在這一片壯麗優美、無靈魂的土地上，他看見了自己。是的，在這個令人感傷又洋溢光輝的形象中，故事必須告一段落。而那個預料中將到來的，卻從不合乎所願的最後結局，則無關緊要了。

戲劇

「憑藉此劇，」哈姆雷特說道：「我將抓住國王內心的隱祕。」這個句子中的「抓住」二字用得真好。因為意識稍縱即逝，或旋即閉合起來。在意識瞬間瞥向自己的那極其寶貴的一刻，必須飛快地抓住它。一般人並不怎麼喜歡自己被耽擱。一切事物都催促著他前進。但同時，他僅僅對自己感興趣，尤其是關注自己可以成為怎樣的人。由此滋生出他對劇場、戲劇的喜好；在劇場中，他可以見識到如此多的人生，品味其間所流露的詩意，卻不會遭受劇中人物的痛苦折磨。至少在此可以看到平凡人不自覺的一面；他繼續加緊腳步朝向某個沒有人清楚的希望奔去。在這個平凡人消逝之際，在心智停止讚賞戲劇，而想要深入其中之際，就出現了荒謬的人。他們深入所有這些角色，體驗形形色色的人生，也就是去扮演。我並不是說演員一般來說都屈服於這樣的衝動，或演員就是荒謬的人，而是說他們的命運是一種荒謬的命運，可以誘惑與吸引清醒而明智的人。為了不致對下文產生誤解，在此必須先指出這一點。

演員的國度是短暫的。眾所皆知，演員的盛名是最短暫易逝的。至少一般人都這麼認為。一切盛名皆如曇花一現。從天狼星的角度，歌德的著作在一萬年後將灰飛煙滅，沒人記得他的名字。若干考古學者也許會尋找我們這個時代存在過的「證據」。這樣的認識總是對人有所助益。仔細想想，便可以將我們的不安化為深沉的崇高，更能將我們的關注焦點轉向最為明確的事物，也就是朝向當下此刻。就所有的榮耀而言，最不虛假者當屬眼前所體驗到的名聲。

演員於是選擇了各種名聲，那種被神聖化、經過考驗的名聲。而就萬物皆會凋零的事實，演員是最好的證明。演員要不是成功，就是失敗。而作家即便不被賞識，卻仍保有希望；他假定他的作品可以見證他個人過去的努力。而演員至多留給我們一幀照片而已；他過去的種種，無論是他的姿態、沉默、短促的呼吸或愛的喘息，都不會留下來。對演員來說，沒有名就沒有演出，而沒有演出他將隨著他有可能喚醒的各種角色一起死去千百回。

建立在最短暫的創作之上的名聲如此倏忽即逝，有何令人驚訝之處？演員有三小時粉墨登場的時間，扮演伊亞高（Iago）、阿爾塞斯特（Alceste）、費德爾（Phèdre）或格洛斯特（Gloucester）。在如此短暫的演出中，他讓這些人物誕生在五十平方公尺的舞台上，復又讓他們死去。荒謬從未如此充分地被闡釋，而且是以這樣的時間。這些令人讚嘆的人生，這些獨特又完整的命運，在幾個小時內的方寸之地上相互交會，然後功成身退——誰還能期盼有其他更具啟示性的作法？而下了舞台之後，西吉斯蒙（Sigismond）這個人物就什麼也不是了。過了兩個鐘頭，人們看見他在市區的餐館吃晚餐。也許這就是人生如夢。但跟著西吉斯蒙之後，又有另一個角色登場。這個人物備受煎熬，取代了另一個咆哮報復的男人。演員由此穿越了許多世紀與心靈，模仿了許多人物可能的或確切的模樣，他與另一號荒謬人物有許多共同點——旅人。如同旅人一般，演員同樣耗盡了某些事物，而且不斷四處遊歷。演員是時間的旅人，而且，在最好的情況下，他是靈魂所追捕的旅人。假使「量」的倫理真能找到某種滋養的食糧，那必定是在這個獨特的舞台上。很難清楚說明，演員從他所扮演的角色裡獲得多大的益處。不過重點並非在此。問題只在於他有多麼認同這些無可替代的生命。有時可以見到演員帶著角色進入自己的生活，這些人物超越了他們所來自的時間與空間。這些角色陪伴著演員，而演員無法輕易脫離他所扮演的角色。有時也可以見到演員在拿起一只杯子時，發現自己以哈姆雷特的姿態舉起酒杯。演員與他使之栩栩如生的所有角色之間的距離沒有那麼大。他每月每日說著發人省思的真理，以致於在人所希望成為的模樣與人本身的模樣之間，並沒有一刀兩切的分界線。演員始終關切如何扮演好角色，他所展現的正是表象在什麼程度上將成為實在的問題。這即是他盡最大可能性去深入這些並非屬於他的生命的藝術，是徹底假扮的藝術。在他的努力終了之際，他的使命變得更清楚了：他要麼不成為任何人，不然就是成為許多人。給予他的限制愈多，愈需要才賦。他在三小時後就必須戴著今日屬於他的這張面具死去。他必須在三小時的期間內，體驗與表達某個人一生獨特的命運。這個過程可以說是迷失自我，以便再度尋得自我。在這三個小時裡，他直直朝向這條沒有出口的道路盡頭走去，而台下的觀眾卻要花上一生的時間才走得完這條路。

———

作為短暫的模仿者，演員僅在表象上力求完美。戲劇的傳統是，內心戲若要被人理解，只能透過姿勢與肢體動作來完成，或是經由嗓音——它散發的靈魂張力與肢體的表現不相上下。這門藝術的法則要求，一切表現都得誇大，並且一概翻譯成肢體語言。假使要在舞台上重現一般的愛情、吐露無可取代的心聲、表現出凝視神態，話語便是密碼。但沉默也必須被聽見。愛於是提高了音調，而靜止本身也變得駭人。肢體是舞台的國王。並非要做出「戲劇性」的效果；這個被錯誤看輕的字眼，含括了全部的美學標準與倫理道德。人的一生有半數是在沒有明說、轉頭不看、沉默不語的狀態下流逝。在此演員是個闖入者。他解除了束縛靈魂的妖術，種種的情感波動最終都湧向舞台。這些情緒透過每個肢體動作開口說話，唯有透過呼喊才能獲得生命力。演員由此形塑了他所要展現的角色。他描繪它或雕塑它，他悄悄融入在角色的想像中，賦予這些幻影血肉之軀。想當然耳，我所談的是偉大的戲劇，亦即給予演員機會，讓他具體完成他的命運的戲劇。比如莎士比亞即是一例。在這個訴諸本能衝動的劇場中，正是肉體的狂熱引發肢體的舞蹈。它可以解釋一切。沒有它，一切分崩離析。假若李爾王（roi Lear）沒有以粗暴的姿態放逐寇蒂莉亞（Cordelia）與譴責艾德加（Edgar），他就絕不會去赴瘋狂給他設下的約。這齣悲劇恰恰是在顛狂錯亂的氣氛下展開。靈魂都交付給魔鬼；靈魂迷失在群魔亂舞之中。至少出現了四個瘋子，其中一個出於職務而瘋狂，另一個是主動願意瘋狂，最後兩個則是因為痛苦的折磨而瘋狂：他們是四具紊亂的身軀，與四張處境相同卻難以描述的面容。

光是肢體並不足夠。面具與厚底靴、突顯臉部重點特徵的化妝術、誇大與簡化效果的服裝設計，這種種所構築起來的世界，為了表象而犧牲其他，目的只為了視覺上的表現。而通過某種荒謬的奇蹟，依舊是由肢體帶來了理解的知識。除非我親身去扮演伊亞高，否則我永遠無法充分地了解他。聽過他的聲音對扮演他並無助益，唯有親眼見到他的那一刻，才能理解他的一切。演員因此有了荒謬人物的單調特性：他將帶著這個古怪又熟悉、獨特而執拗的人物剪影，穿越他所扮演的所有角色。在此，依舊是經典的戲劇作品致力於這種調性的統一。[25]而此處也見到演員自相矛盾的特色：明明是同一人，卻又形形色色，如此多樣化，這麼多的靈魂集結在單一的肉體中。這正是荒謬的矛盾；一個人

25 在此我想到的是莫里哀筆下的人物阿爾塞斯特。一切顯得如此簡單、明顯與粗俗。阿爾塞斯特與菲朗特（Philinte）敵對，賽莉蔓（Célimène）與艾麗恩德（Éliante）敵對，整個主題是某種極端性格所呈現的荒謬結果；而詩句本身只是勉強標出格律的「差勁詩句」，如同主角的單調個性。

想要觸及一切、體驗一切，但這不過是徒勞的嘗試，而且即便他固執地堅持下去，也不會帶來任何結果。始終矛盾的事物都集合在他身上。他是身體與心靈的接合點；他是厭倦了失敗的心靈轉身向最忠實的盟友取暖的地方。「這樣的人真是幸福啊，」哈姆雷特說道：「情感與判斷調劑得這樣勻稱，不是命運之神的手指所能任意吹奏的簫笛。」

——

教會怎能不譴責演員如此的實踐方式呢？它駁斥這門藝術中如雨後春筍般增加的異端的靈魂，批判情感的放蕩，否定這些演員令人憤慨的主張：拒絕僅能體驗一種命運，反而朝著種種的放肆無度奔去。教會禁止他們對當下此刻的偏好，以及如海神普羅透斯（Protée）般多變的樣貌，因為這否定了所有教義。永恆並非一場遊戲。一個人如果傻得愛戲劇勝於永恆，他便失去了救贖的機會。在「處處」與「永遠」之間，沒有妥協的空間。由此可見這個如此被輕視的行業卻能引起巨大的精神衝突。尼采指出：「重點並非追求永恆的人生，而是要時時保持生氣蓬勃。」的確，所有戲劇都做了這個選擇。

女伶阿德希燕・樂古芙荷（Adrienne Lecouvreur）在臨終病榻上，十分希望可以告解並領受聖禮，不過她拒絕公開放棄她的職業。她因此失去了告解的恩典。難道這不表示，她選擇了站在自己深刻的熱情之上來反對上帝？這名垂死的女子淚眼婆娑，拒絕放棄她稱之為她的藝術的志業，她由此見證了她在舞台上從未達到的精神高度。這是她最美的一個角色，也是最難掌握的角色。在天國與可笑的忠誠間進行選擇，是喜歡自己甚於永恆，還是要墜入上帝的懷抱中，這個問題本身就是個古老的戲劇，每個人都必須扮演好自己的角色。

那個年代的演員知道自己是被逐出教會的人。進入演員這一行無異選擇了地獄。教會認定他們是最險惡的敵人。若干文人對此感到憤懣不平：「這是怎麼一回事？拒絕給予莫里哀最後的救贖！」但這是合理的，尤其對於死在舞台上，在粉墨登場之際將一生都獻給了異端的人。就莫里哀的例子來說，有人表示說天才會為一切辯解。但天才什麼都不去辯解，因為他拒絕這麼做。

演員知道自己可能面臨怎樣的懲罰。但相較於生命末了的最終懲罰，這樣模糊的威脅又算什麼？他已經預先體驗到這個最後的懲罰，並且接受它。對演員來說，如同荒謬的人，過早的死亡是無可挽回的。沒有什麼可以彌補他在死亡前所扮演的這些面孔與他所走過的這些世紀。然而，無論如何，重點依舊是死亡的問題。演員確實到處留下身影，但是時間也捲走他，並對他留下深刻印象。

只消一點想像力就足以察覺演員的命運為何。他在時間洪流中形塑並計算他的角色。同樣在時間中，他學會支配這些角色。他活過的生命愈多，他愈能與他們分離。當他必須為世界而捨身舞台時，眼前會浮現一幕幕他所經歷的事物。一切歷歷在目。他感受到這場冒險撕心裂肺、無可取代的一面。他知道他可以即刻赴死。死亡是年老演員的家。

征服

「不，」征服者說道：「請別以為我喜於行動，就必須忘記思考。相反地，我可以完美地界定我所相信的事物。因為我堅決地相信它，透過明確與清晰的觀點去了解它。請當心那些嘴上說著『這件事我太熟了，以致於表達不出來』的人。他們之所以沒辦法表達，是因為他們實際上並不了解，或是因為懶惰才略懂皮毛就止步不前。

「我並沒有很多意見。在人生終了之際，人才領會到自己花了多年時間只確定了一個唯一的真理。這個唯一真理，如果它明白無誤的話，足以作為一生的原則。就我而言，我對於作為一個人無疑有些看法值得一談。但內容可能直率刺耳，假使必要的話，也會帶有適度的輕蔑。

「人唯有透過沉默而非說話，才能成為真正的人。有許多事情我將保持緘默。但我堅定地以為，所有那些對個人做出評斷的人，是依靠著遠比我們少上許多的經驗就建立起的論斷。智慧，動人的智慧，也許預見到必須注意的事物。然而，這個時代，它的斷垣殘壁與血腥殺戮明顯充斥在我們之間。對於古代的民族，甚至是我們這個機械年代的新近國家而言，有可能在社會的道德與個人的道德間取得平衡，並思索出何者應該為何者服務。這個可能性，首先是根據人們心中根深柢固的盲目信念而推斷，亦即人們相信來到這個世界就是為了服務或被服務。而且因為無論社會或個體都尚未展現出全部的能力，使得這個可能性始終存在。

「我見過一些良善之人驚嘆於荷蘭畫家的傑作，但這些畫家是誕生在弗蘭德地區（Flandre）[26]血腥激戰的烽火下；而他們也對於西利西亞地區（Silésie）[27]的神祕主義者的禱告感動不已，但這些神祕人士卻是成長於恐怖的三十年戰爭（guerre de Trente Ans）期間。他們驚訝地發現，永恆的價值殘存於現世的喧囂之上。不過時間依舊向前行。今日的畫家被剝奪了那樣的寧靜從容。即使他們在實際上擁有創作者所必要的心靈，亦即一顆無情之心，卻也毫無用處，因為

26 編按：弗蘭德指比利時北半部的一個地區，傳統上亦包括法國北部和荷蘭南部的一部分。

27 編按：中歐地區的一個歷史名稱。現今多屬於波蘭。

所有人，連同聖徒本身在內，都被動員起來了。這或許就是我感觸最深的部分。每一次在戰壕中的挫敗，每一個被鋼鐵壓垮的筆法、隱喻或禱詞，都將導致一部分的永恆喪失。意識到我無法脫離所處的時代，我就決定要與它融合在一起。我之所以這麼重視個體，只是因為我以為個體既微不足道又備受屈辱。當我明白並不存在勝利的原因之後，我就對失敗的原因有所偏好：它們要求靈魂的全然投入，無論是在失敗時，或是在短暫的成功之際。對於那些感到自己與這個世界的命運緊密相繫的人而言，文明的衝突著實有某些值得憂慮之處。我把這個憂慮當作己任，在此同時，我也想要加入其中為之一搏。在歷史與永恆之間，我選擇站在歷史這一邊，因為我喜愛明確的事物。至少，我對它有把握——我如何能夠否定這個壓垮我的力量呢？

「總是會有這麼一刻到來：必須在沉思與行動之間做出抉擇。這是成為真正的人的必經之路。其間所體驗到的撕裂感著實駭人。但對於一顆驕傲的心，在此不容有任何的折衷。一邊是上帝，一邊是時間；一邊是十字架，一邊是長劍。這個世界具有某種超越其騷動不安的更高意義，抑或事實上，唯一真實的是這些騷動不安。必須與時間共存亡，抑或逃避時間去追求更遠大的人生。我知道可以和解，我知道可以活在這個時代並且信仰永恆。這就是接受。然而，我對這個詞感到厭惡；我想要一切，不然就什麼都不要。假如我選擇行動，請別以為沉思對我是一片未知。然而，沉思無法給我一切，而在失去了永恆之後，我希望能與時間結盟。我不希望繼續鄉愁與痛苦，我只想要清楚地明白一切。我告訴您，明天您將被動員。對您和我，這都是一種解放。個人對一切無能為力，卻也無所不能。在這個不可思議的不受拘束性中，您將了解我為何既頌讚個人又否定他。正是這個世界在傾軋他，而我解放了他。我賦予他屬於他的權利。」

——

「征服者了解，行動就其本身來說是無用的。唯一有用的行動，是可以改造人與世界的行動。我絕不會去改造人。不過必須『假裝』這麼做。因為這條奮鬥之路引我來到肉體。這個遭受貶抑的肉體，卻是我唯一確信的事物。我僅能依賴它。人是我的故鄉。這就是我為何選擇這個荒謬而無意義的努力。這就是我為何站在奮鬥這一方。我已經說過，這個時代適合如此。直至今日，征服者的偉大皆屬於地理性的，亦即根據所征服的領土規模來衡量。然而，『偉大』這個字眼已經改變意義，不再指勝利凱旋的將領，這樣的改變並非徒然。偉大已經變換陣營；它現在站在抗議與不見未來的犧牲這一方。原因並非出於對失敗的偏好。勝利也許受到期待。但勝利僅有一種，而且它屬於永恆。我絕不想擁有這種勝利。這就是我所遭遇的困難，而且我毫不退讓。革命總是在對抗神祇中獲得實現，而第一場革命即來自於普羅米修斯（Prométhée），他是現代征服者的第一人。那是人起而要求對抗自己的命運，貧窮者的請願不過是一種藉口。但我只能在人的歷史行動中抓住這個精神，並加入其中。然而，請別以為我樂於這麼做：面對本質的矛盾，我堅持我屬人的矛盾。我把我的清醒建立在否定它的事物間。我在否定人的事物之前，讚頌人的存在，於是在這樣的張力、明智與巨大的反覆中，我的自由、反抗與熱情合而為一。

「是的，人即是他自身的目的。而且是他唯一的目的。假使他希望有朝一日成為怎樣的人，那麼就在此生達成。對此我如今知之甚深。征服者有時會談到戰無不勝與攻無不克。不過他們所意指的始終是『克制自我』。您很清楚它是什麼意思。在某些時刻，所有人都自以為地位如同神一般。至少有人會這麼說。不過這種體會是來自於人在某個瞬間所感受到的、由人的精神所迸發出來的不可思議的崇高特質。在人們之中，征服者是唯一一群確信自己的力量足以持續生活在如此的高度，並且全面意識到這樣的崇高的人。這種崇高的受感是個算術問題，有人比較多，有人比較少。而征服者是能夠感受到最多的人。但他們所擁有的不多於人所能擁有的。這是為何他們絕不會放棄人的考驗，始終熾烈地投身於革命的靈魂中。

「征服者在那兒發現傷兵殘將，但他們也在那兒遇見所珍愛與佩服的唯一價值——人及其沉默。這既是他們的貧乏，也是他們的富足。對他們而言，唯一一項奢侈品是人與人的關係。一個人怎麼可能不了解，在這個脆弱的宇宙中，一切屬人且僅僅屬人的事物，都具有最熱烈的意義？緊繃的神情、備受威脅的同袍之愛、人與人之間如此強烈與純潔的友誼，在在都是真正的財富，只因為這一切短暫易逝。正是在這些屬人的事物間，心智最能感受到它的威力與限制，亦即它的有效性。有人提到天才。但是別輕易這麼脫口而出。我比較偏好智識。必須指出，智識同樣具有卓越之處。智識照亮了這片荒漠，並且主宰它。智識了解它的義務，並且闡明它。智識將與肉身同時死去。但智識深諳這一點，這即是它的自由。」

——

「我們並非不知道所有教會皆反對我們。一顆如此激動的心逃避著永恆，而所有的教會，無論是神聖的或政治的，卻追求著永恆。幸福與勇氣，報應或正義，對教會而言都是次要的目標。這是教會頒布的教條，人們必須同意它。但我與這些觀念或是永恆皆無關。切合於我的理解範疇中的事實，都是可以實際觸及的事實，我無法與之分開。這是為何您無法以我為基礎，去建立任何事物：征服者並不擁有任何可長可久的事物，甚至連他的主張也不例外。

「無論如何，一切走到盡頭就是死亡。我們心知肚明。我們也知道，死亡將終結一切。這也是那些遍布歐洲的墳地——它們使我們當中的一些人心神不寧——為何如此可憎的原因。人們只會美化喜歡的事物，而死亡使我們反感與厭煩。它也需要被征服。經歷威尼斯人的圍攻，又遭受鼠疫侵襲而人去樓空的帕多瓦（Padoue），城中最後一名卡拉拉（Carrara）家族的囚犯吼叫著奔過無人的宮殿大廳；他在召喚魔鬼，希望魔鬼賜他一死。這是一種戰勝死亡的辦法。這同樣也是西方所特有的勇氣的標記：把死亡自以為獲得榮耀的地方變得醜陋可憎。在反抗者的宇宙中，死亡頌讚不公不義。死亡是極度的虐待。

「其他人同樣沒有妥協，他們選擇了永恆，並揭露這個世界的幻覺。他們的墓園在百花與鳥鳴中綻放微笑。這幅畫面很適合征服者，讓他清楚看見他所拒斥的事物。相反地，他選擇了以黑色鐵欄杆圍住墓地，或者下葬在無名塚。最優秀的永恆的心靈，面對著與這樣的死亡意象共存的人，有時會感到自己突然籠罩在一股充滿敬意的恐怖以及憐憫之情中。不過與死亡意象共存的人卻是從如此的意象中汲取力量與正當性。我們的命運就在我們眼前，它正是我們要挑戰的對象。這麼做並非出於傲慢，而是出於對我們沒有意義的生存狀態的覺醒。我們有時也會憐憫自己。這是唯一我們似乎可以接受的憐憫：這也許是您幾乎不了解的一種感受，而且您可能覺得它欠缺男子氣概。然而，正是我們之中最具膽識的人，才能有此體驗。我們把清醒的人稱為男子漢，我們不希望有任何力量與清明的意識分離。」

———

再次重申，這幾個人物形象並非提供某種倫理準則，也無涉判斷；它們只是一幅幅的素描。這些人物僅代表著某種生命的方式。情人、演員或冒險家排演著荒謬的生活。而如果願意的話，禁慾者、公僕或共和國總統也能有一流的荒謬演出。只要了解其中道理，並懷抱正視一切的態度，就足以做到。在義大利的博物館裡，有時可以見到一些彩繪的小屏幕，那是以前的教士們拿來擋住囚犯的視線，以免他們看見斷頭台。各種形式的思想跳躍、投入神或永恆的懷抱、任由來自日常生活或某些觀念的幻覺所支配，這種種都是掩蓋荒謬的小屏幕。不過有些公眾服務者並沒有被這塊板子擋在眼前，而我想要談論的正是這些人。

我挑選了最極端的例子作為說明。在這個層次上，荒謬給予他們某種王權。的確，這些人都是沒有王國的貴族。不過比起其他人，他們的優勢就在於他們深知所有的王權都是幻覺。他們知道這正是他們的崇高之處；對他們談論什麼隱藏的不幸或幻滅的灰燼，只是白費功夫。被剝奪了希望，並非只剩絕望。相較於天堂的芬芳，人間的火焰有過之而無不及。無論是我或其他人都無法在此評斷他們。他們並不追求卓越，他們只是試圖要合乎邏輯。假使「智者」這個詞是指依靠自己所有而不奢望所無而活的人，那麼他們就是智者。這些智者中的任一個，無論是心智的征服者，或是透過認識與體驗而活的唐璜，或是智慧的演員，都比任何人熟知其中道理：「即使你把自己溫馴的小綿羊養到極致，也不會因此獲得人間與天上的特權：在最好的情況下，你還是一隻可笑的小羊，僅此而已──即使你沒有志得意滿，也沒有因為擺出評判者的姿態而製造出醜聞。」

無論如何，必須讓荒謬的推理恢復更熱情的面向。想像力可以添加許多其他的面向，它緊密連結於時間與放逐，而且同樣知道如何找到相容於一個沒有未來、沒有弱點的宇宙的生存之道。於是，這個沒有神祇棲居其中的荒謬世界，充滿著清晰思考、不再懷抱希望的人。而我尚未談到最荒謬的人物，就是創作者。

荒謬的創作

或許偉大的藝術作品就其本身而言並非如此意義重大，
真正重要的是，它要求人們去面對的考驗，
以及它給予人們克服幻想、更加靠近真正現實的機會。

哲學與小說

佇立在荒謬的稀薄空氣中的所有這些生命，若無某些深遠的思想為他們灌注力量，他們將無以為繼。在此，那可能只是某種奇特的忠誠（fidélité）。在最愚蠢的戰爭中，我們可以見到某些覺醒的人實踐著他們的任務，不認為有任何矛盾之處。這是因為不逃避是基本的。於是在承受世界的荒謬性上便有一種形而上的榮耀。征服或演戲、形形色色的愛情、荒謬的反抗，這種種都是人在一場已先被擊敗的戰役中，對自己的尊嚴所獻上的敬意。

這不過是對戰鬥規則的忠誠。這樣的想法就足以支撐一個心智；它直到現在仍維繫著整個文明的存續。我們無法否定戰爭。人必須與它共存，或為它而死。荒謬亦是如此：重點在於如何隨著荒謬而呼吸，承認並重新充實它所帶來的教訓。就這點而論，荒謬最無與倫比的喜悅就是創作。「只有藝術，別無其他。」尼采說：「我們擁有藝術，是為了不葬身在真理之下。」

在我嘗試要去描述並找出幾種模式的經驗中，確實當某個痛苦消失了，新的痛苦便會出現。幼稚地追求遺忘或要求滿足，已經無法得到共鳴。然而，一個人與世界的持續對立，以及迫使他接受一切的種種譫妄，將帶來另一種狂熱。於是在這個宇宙中，藝術作品是維持他的覺醒及修正經歷的唯一機會。創作是再度體驗一次。普魯斯特式的那種焦灼的、探索性的追尋，小心翼翼地蒐羅花卉、掛毯與苦惱，意義正在於此。這樣的追尋只是彰顯出那種持續不斷、難以察覺的創作過程，而那正是演員、征服者與所有荒謬的人終其一生、日復一日所投入的。所有人致力於模仿，嘗試重複、再造他們所面對的現實。而我們總是以獲得真理的面貌告終。對背離永恆的人而言，所有存在不過是戴著荒謬的面具所進行的一場巨大的模仿。創作是偉大的模仿。

這些人首先對一切了然於心；接著他們投注所有努力遍覽、擴大與充實這座他們剛登上的沒有明日的島嶼。但他們必須先知道。因為發現荒謬的同時會有一段暫停期，未來的熱情將在其中醞釀並獲得正當化。即便沒有獲得福音的人也有自己的橄欖山（mont des Oliviers）[28]。他們同樣不應在自己的山頭昏昏睡去。對荒謬的人來說，事情不再是去解釋、去解答，而是去體驗、去描繪。一切就從清醒的冷漠開始。

描繪是荒謬思想的最後抱負。而當科學來到其矛盾的終點，同樣停止提出什麼，而是開始思索與描畫一幕幕始終完整的現象風貌。心靈因此明白，當我們看著世界的諸般面貌時，使我們愉悅的並非世界的深度，而是它的多樣性。解釋只是徒然；唯有感受才得長存，隨著感受而來的，則是蘊藏不盡的宇宙持續的召喚。由這個觀點來看，我們可以理解藝術作品的地位。

藝術作品標示著某個經驗的死亡與繁衍。對於這個世界已經編排上演過的各種主題，好比肉體經驗、神廟的三角楣飾上不可勝數的圖像、種種的形式或色彩，或是數目或苦惱，藝術作品則像是一種單調又充滿激情的重複。所以假使在創作者奇妙而幼稚的宇宙中，重新見到本文的重要主題，那也並非毫不相干。然而，若是在其中看見某種象徵，以為藝術作品最終可以作為荒謬的庇護

28 編按：耶路撒冷東部的一座山，因滿山油橄欖樹而得名。山腳有客西馬尼園（Gethsémani），傳說是耶穌在耶路撒冷的住處。聖經上許多重要事件發生在橄欖山。

所，則是錯誤的。藝術作品本身就是一個荒謬的現象，我們所關注的只是它的描繪。藝術作品並不提供智性苦痛的出口。相反地，藝術作品是這樣的苦痛所流露的一個跡象，透過一個人的思想反映出來。藝術作品讓心智首次走出自身之外，並將它置於他人面前，但並非要讓它迷失其間，而是要清楚向它展示這條所有人先後踏上的道路，一條沒有出口的路。在進行荒謬的推理時，創作將跟隨著漠然與發現而來。創作標誌著荒謬的熱情蜂擁而出的一刻，此時推理宣告退場。在本文中，創作的地位由此確立。

為了在藝術作品中發現關於荒謬的思想矛盾，只須揭露創作者與思想家共有的幾個主題便已足夠。確實，使這些才智之士彼此相近的因素，並非他們具有相同的結論，而是因為他們共有的矛盾。思想與創作之間的關係亦如是。不消我多說，同樣的苦惱使人走上思想與創作。這是兩者開始的一致之處。然而，所有從荒謬出發的思想，卻少有能堅持下去者。而由它們的背離或不忠，我可以輕易判斷它們是屬於荒謬的。同樣地，我必須自問：有可能存在荒謬的藝術作品嗎？

我們不能過於堅持存在藝術與哲學之間的古老對立的武斷性。如果以狹隘的意義去理解這個對立，那麼它肯定是假的。假使只是指出這兩個領域各自獨特的氛圍，這可能是對的，卻仍模糊。唯一可以接受的論點來自以下兩者所引起的矛盾：封閉在自身系統**內**的哲學家，以及站在自己作品**前**的藝術家。不過這個說法僅適於談論我們在此認為較次要的某種藝術形式與哲學形式。藝術與其創作者分離的概念不僅過時，而且錯誤。相對於藝術家，據稱從來沒有任何哲學家創造出系統來。但這種說法的正確性就像是說，從來沒有任何藝術家在不同面相下能表達超過一件的作品。藝術的瞬間完美、藝術不斷革新的必要性，這種觀點是真正的偏見。因為藝術作品同樣出自建構，而每個人都知道，偉大的創作者可以是何等的單調。出於與思想家同樣的理由，藝術家也投身在作品中，並在作品中成為自己。這個相互滲透的影響，提出了最重要的美學問題。此外，對於相信心智的目標單一的人而言，依照方法與研究對象進行區分是最空洞的作法。在人為了理解與愛而給自己設下的種種領域間，並不存在任何分界線。這些不同領域彼此滲透，相同的焦慮則讓它們匯流。

一開始有必要先將這些觀念說清楚。為了讓荒謬的藝術作品是可能的，必須包含最清醒的思想。然而，思想除了是下指令的智識外，不能過於明顯。這個弔詭之處可以從荒謬的角度來解釋。藝術作品來自於智識停止理解具體的事物。藝術作品標誌了肉體的勝利。清醒的思想激發出藝術作品，但正是這個行動讓思想放棄了自身。思想不會屈服於企圖對被描繪的事物添加更深刻的意義的誘惑；它知道那是不正當的。藝術作品體現了某種智識的戲劇，但僅以間接的方式證明了智識的在場。荒謬的作品需要一個意識到這些限制的藝術家，一種謹表現具體本身的藝術。它不能是生命的目標、意義與慰藉。進行創作與否並不能改變任何事。荒謬的創作者並不珍視自己的作品。他有可能放棄它；他有時也真的放棄它。只要一個阿比西尼亞（Abyssinie）就足以讓這樣的事發生，如同韓波（Rimbaud）[29]的例子。

29 編按：韓波（A. Rimbaud, 1854-1891）法國著名天才詩人，創作時期僅在十四至十九歲。一八八四年韓波開始在阿比西尼亞（今衣索比亞）從事軍火走私生意。

同時可以在此處發現一種美學規則。真正的藝術作品總是符合人的尺度。它在本質上是那種「說得比較少」的作品。在藝術家的總體經驗與反映這個經驗的作品之間具有某種關聯性，如同《威廉．邁斯特》（*Wilhelm Meister*）與歌德的成熟閱歷的關係。在印有花飾的紙頁上，當作品企圖以某種解釋性文學來展現所有的經驗，這樣的關聯性就不算適當。而當作品僅是一截經過裁剪的經驗，如同鑽石的一個小刻面，映射出毫不受限的內部光華，這個關聯性就是適當的。在第一種情況，作品展現出過重的負荷與對永恆的奢望。在第二種情況，則見到一個生意盎然的作品，隱約感受到的豐富經驗輻射出各種言外之意。對於荒謬的藝術家來說，重點是去習得超越技能的生存之道。最後，在這種氛圍下的偉大藝術家，首先就是個偉大的生活家；此處所指的生活同時表示體驗與思索。藝術作品於是體現了某種智識的戲劇。荒謬的作品說明了思想屈服於僅僅成為智識本身；而這個智識充分利用表象，並以形象來表達所有非理性的事物。假使世界清晰可見，藝術將沒有存在的空間。

在此將不討論形式的或色彩的藝術；在這類的藝術中，描繪方式[30]謙遜地獨占鰲頭。思想結束便由表現接手。那些群聚在神廟與博物館裡眼窩空洞的少年雕像，他們用動作舉止表現出他們的哲學。對荒謬的人而言，這樣的哲學比所有圖書館還有教育性。另一方面，音樂的道理亦是如此。假使存在一種不帶有教訓意味的藝術，那肯定就是音樂。音樂太像數學了，不可能不從數學借用「無償性」（gratuité）的特質。心智依照既定的與有節制的法則與自己所進行的這場遊戲，是展現在屬於我們的聲音場域中；在這個場域外，音波振動存在於一個非人的宇宙間。不會有更純粹的感覺了。這些例證太過容易。荒謬的人把這些和諧感、這些形式美都視若己出。

不過我在此想要談論某種作品，在這些作品裡，解釋的誘惑當道，幻覺浮想聯翩，而且結論幾乎是無法避免的。我指的是小說創作。我自忖：荒謬能否立足其中？

30 值得一提的有趣發現是，最具有智識傾向的繪畫，也就是企圖將現實化約成幾個根本元素的繪畫，最後僅呈現出視覺上的愉悅。它只留下抽取自世界的色彩。

——

思想首先是要創造出一個世界（或是劃定自己的世界；兩者實屬同一回事）。這是從把人與他的經驗分開的基本論點出發，為的是尋找一個根據他的鄉愁所形塑的共同基礎；而這樣一個由理性所架構、由類比所照亮的宇宙，讓人得以解決難以忍受的離異問題。即便如同康德這樣的哲學家也是創作者。在他筆下，有人物、象徵與隱密的情節。他也有他的故事結局。相反地，小說領先詩歌與散文的現象，僅代表著（儘管表面上並非如此）一種更為重大的藝術智識化（intellectualisation）的傾向。我們當然理解這裡所討論的是那些最偉大的小說。一種文類的豐饒與崇高，經常可以根據其中拙劣作品的多寡來衡量。雖然低劣小說的數量多不勝數，卻不該因此忽略一流小說的價值。這些好小說恰恰盛載著自己的宇宙。小說自有其邏輯、推理、直覺與基本假設。它也要求條理清楚。[31]

31 仔細想想，這也能解釋壞小說的成因。幾乎所有人都自認有思考能力，而且在某種程度上，無論好壞，也真的能進行思考。相反地，卻少有人想像自己是詩人或文字藝術家。然而，自從思想在價值上超越風格那一刻起，人們就湧向小說。

這並非如人所以為的嚴重壞事。但是一流小說因此對自己也就要求更多。而對於自行繳械的作品來說，原本就不值得流傳下來。

我在前面談及的藝術與哲學之間的古典對立，就小說這個特殊個案而言，更是站不住腳。在能輕易將哲學與它的作者分開的時代，這個對立才有意義。今日，思想不再自以為具有普遍性，而描述思想的最佳歷史是有關懊悔的故事；我們於是理解，思想體系的有效性並不會與它的作者分離。史賓諾沙的《倫理學》（*Éthique*）本身，從它的某一個面向觀之，只是一則論述嚴密而冗長的內心告白。抽象的思想最終與它的肉體基礎相會合。而同樣地，遵照某個世界觀的要求，肉體與熱情的虛構遊戲也被仔細地安排。它不再是講述「故事」，而是創造出一個宇宙。偉大的小說家都是哲學性的小說家，也就是說他們不同於論文作家。在此僅提及幾位這類風格的小說家，比如巴爾扎克（Balzac）、薩德（Sade）、梅爾維爾（Melville）、斯湯達爾（Stendhal）、杜斯妥也夫斯基、普魯斯特、馬勒侯（Malraux）與法蘭茲．卡夫卡（Franz Kafka）等。

然而，他們偏好意象寫作而非邏輯寫作這件事，揭露了一種共同的思想：深信任何的解釋原則皆徒然，確實可感的表象才具有教益性。他們認為作品既是終點，也是起點。作品是某種通常未曾言明的哲學成果，是這種哲學的闡釋與完成。但唯有透過言外之意，作品方能達致完整。最終它證明了一個古老主題的變奏；少數思想疏遠了生命，多數思想則歸向生命。由於思想無法改變現實，於是它模仿現實。我們所關注的小說是一種認知的工具，用來挖掘這種既是相對性又無窮無盡的知識，很像是愛情的知識。關於愛情，小說創作是驚奇歡喜，也是深思熟慮。

——

至少這些是我一開始在小說中所發現的奇妙魅力。然而，我也曾從「被貶低的思想」傳統中看到那些思想家擁有同樣的吸引力；這使我能夠思考他們的「哲學的自殺」的問題。我的興趣是去認識與描繪那股引領他們共返幻覺道路的力量。在此我也可以用相同的方法來理解。經驗使我得以縮短推理過程，並且可以立即針對特定的案例做結論。我想要了解，當我們接受可以過著**沒有訴**

求的生活時，我們是否同樣贊同在工作與創作上也能**沒有訴求**，以及有哪一條路可以引領我們通往這樣的自由。我想要使我的世界擺脫幻覺，只留下我不能否認其存在的實際的真理。我可以創作荒謬的作品；我可以選擇創造性的態度進行創作。然而，荒謬的態度始終必須意識到它自身的無償性。作品亦是如此。假使在作品中沒有遵守荒謬的指令，假使作品沒有描述離異與反抗，假使作品迎合幻覺並激起希望，那麼它就不再是無償性的。我也就不再能脫離作品。我或許能在其中找到某種生命的意義，但卻是微不足道的意義。作品不再是一種熱情和脫離，用以表彰一個人生命的光輝和徒勞。

在解釋的誘惑當道的創作中，有可能克服這個誘惑嗎？在真實世界的意識當道的虛構天地中，我有可能維持對荒謬的忠誠，不迎合判斷的欲望嗎？在最後的努力中，還是有如此多的問題需要面對。我們已經了解這些問題的意義。這些問題是意識最後的遲疑：它擔憂為了某個最後的幻覺，而放棄了它最初的主張。創作是人意識到荒謬後所可能抱持的種種態度之一，而適用於創作的作法，同樣也適用於開放給他選擇的所有生活風格。征服者或演員，創作者或唐璜，都有可能忘記：如果沒有意識到生活的瘋狂，生活將無法順利運作。人們很容易就養成習慣。人們希望賺錢過幸福的日子，所有的奮鬥與人生最精華的部分，全都投入賺取金錢。幸福於是被遺忘，手段變成了目的。同樣地，征服者的所有努力也會偏離正軌，轉向他的野心，但他的野心不過是一條朝向一個更遠大生活的道路。至於唐璜，他同樣也會接受自己的命運，滿足於存在唯有通過反抗才能獲致崇高的價值。對於前者來說是覺醒，對於後者來說則是反抗；就這兩個例子來說，荒謬已經從中消失。人的心中有如此多根深柢固的希望。對於將世間皮相剝除淨盡的人來說，有時最終卻接受了幻覺。這種因內心平靜的需求而接受，與對存在的認可是一體兩面的。於是就可以見到光明的神祇與泥塑的偶像。然而，重點是去找到通往人的諸種樣貌的中道。

截至目前為止，我們都是從那些沒有遵循荒謬而遭遇的失敗中了解荒謬。同樣地，我們只要知道小說創作可能具有與某些哲學相同的模糊性就夠了。因此我選擇了一部作品來作說明，它具有一切標誌著荒謬意識的元素，而且起點清晰可辨、氣氛清楚明白。它的結論也能啟發我們。假使荒謬不受尊重，我們將會看到幻覺如何迂迴闖入。一個明確的案例、一個主題、創作者的忠誠之心，這樣就已經足夠。而所涉及的相同的分析過程，已經詳盡闡釋過。

我將檢視杜斯妥也夫斯基所喜愛的一個主題。我原本也可能討論其他作品。[32]不過在杜氏的作品中，無論是崇高的意義或是情感的意義，問題都是被直接處理的，如同已經討論過的那些存在哲學。這種相似的過程有助於我的研究目標。

基里洛夫

杜斯妥也夫斯基筆下的所有人物，皆在探尋人生的意義。正因如此，這些人物具有現代性：他們不怕被譏笑。現代感性有別於古典感性之處在於，前者

32 比如馬勒侯的作品。但那就必須同時處理社會性的問題；實際上，荒謬思想無法規避這種問題（儘管它可以對該問題提出若干極為不同的解決辦法）。不過研究總是應當適可而止。

沉浸於形而上的難題，後者則致力於道德的難題。在杜氏的小說中，問題被強烈提出，只能以極端的辦法來解決。存在若非虛幻的，即是永恆的。假如杜氏滿足於這樣的探問，那麼他會是個哲學家。但他闡明了這樣的心智遊戲為人生帶來的種種結果，因此他是個藝術家。而在種種結果中，他最在意的是最後一個結果，亦即他在《作家日記》（*Journal d'un écrivain*）中所說的「合乎邏輯的自殺」。事實上，在該期刊一八七六年十二月的內容中，他就提出「合乎邏輯的自殺」的推理方式。絕望的人深信，對於任何不信仰永生的人來說，人的存在本身就是徹底的荒謬；於是他會導出如下的結論：

「由於我對於幸福的種種探問，透過我的意識，我所獲得的答案是，除非我能和那偉大的總體和諧共存，不然我不可能幸福，然而，顯然不管現在或將來，我都無法設想這樣的事情發生……

「……既然最終在現實的範疇中，我同時扮演了原告與被告的角色，也擔任被告與法官的角色；既然我以為老天所搬演的這齣戲愚蠢至極，我甚至認為，在這齣戲中演出讓自己受到了屈辱……

「有鑑於我擔任原告、被告與法官的表現無可挑剔，我將給這個行事如此厚顏無恥、毫無顧忌，讓我自娘胎出生、受盡人世之苦的老天定罪；我將判決它跟我一起滅絕。」

在這個立場中仍然存在一抹幽默感。這個自殺者自我了斷的原因，是在形而上的層面受到了**冒犯**。在某種意義上，他要進行報復。這是他證明「沒有人可以再支使他」的方法。不過我們知道，相同的主題也體現在基里洛夫這號人物身上，而且還以更令人佩服的廣度。基里洛夫是《附魔者》一書的角色，他也是邏輯性自殺的支持者。在小說的某個段落，工程師基里洛夫宣稱他要了結自己的生命，因為「這是他的主意」。顯然必須按照字面意義來理解他的話。正是為了一個主意、一個想法，他準備赴死。這是高傲的自殺。隨著一場又一場的劇情推進，基里洛夫的面具逐漸被揭開，也一步步揭露出驅策他的致命思想。的確，這名工程師重拾了《作家日記》中的推理方式。他認為上帝是必要的，上帝一定要存在。但他知道上帝並不存在，上帝不可能存在。他呼喊道：「你難道不明白，這正是一個足以讓人自殺的理由？」這樣的態度也導致了幾個荒謬的結果。出於同樣的心態，他接受以他的自殺去支持一個他所鄙視的動機。「我昨天晚上決定我不管了。」最後，他懷著反抗與自由的情緒進行死亡的準備。「我自殺是為了表明我的不服從，我的嶄新又可怕的自由。」這不是報復，而是為了反抗。所以基里洛夫是一個荒謬人物──但有個最重要的保留：他自殺。他自己也解釋了這個矛盾，由此他同時揭露了最純粹的荒謬的祕密。事實上，他在致命的邏輯上加入了一種非比尋常的抱負，讓人看清楚這個角色：他要自殺好成為神。

這個推理顯然是古典的。假如上帝不存在，那麼基里洛夫就是神。假如上帝不存在，那麼基里洛夫就必須自殺。於是基里洛夫應當自殺以成為神。這個邏輯是荒謬的，卻必然如此。然而，有趣之處在於，這個重新被帶回人間的神，被賦予了某種意義。而且還回頭闡明了那個前提：「假如上帝不存在，那麼我就是神。」不過這個前提的意義依舊有點晦澀。重點是，首先必須留意，高舉這項瘋狂主張的人，是屬於塵世的人。基里洛夫每天早上做體操來保持身體健康。他對於沙托夫（Chatov）與妻子重逢的歡喜也同感激動。他的遺書上要畫一個朝「他們」吐舌頭的臉。他具備稚氣、易怒、熱情、敏感與思慮周詳等特質。他除了有過人的邏輯與執念，其他則一如常人。然而，他冷靜地談論著自己的神性。他沒有瘋，不然就是杜斯妥也夫斯基瘋了。所以煽動基里洛夫的並非自大狂的幻覺。在此，就這些話去理解會覺得可笑。

基里洛夫這個人本身有助於我們理解。在回答斯達夫洛金（Stavrogin）所質疑的一個問題時，他明確表達，他談的並不是「神人」（dieu-homme）。我們可能以為這是考慮到要與基督做區別。但事實上，他卻是把基督納為己有。因為基里洛夫一度想像，死後的耶穌發現自己不在天堂。於是耶穌明白自己的受苦毫無意義。基里洛夫說：「自然法則使基督活在謊言中，也使他為了謊言而葬命。」僅僅在這個意義上，耶穌體現了所有人類的悲劇。耶穌是個完美的人，也實現了最荒謬的處境。他並非「神人」，而是「人神」（homme-dieu）。如同耶穌一般，我們每個人都可能被釘在十字架上，而且被犧牲——在某個程度上，我們已經如此。

所以神性的問題完全屬於人間。「我花了三年時間在尋找我的神性，」基里洛夫說：「而且我找到了。我的神性就是我的獨立。」如此一來我們就能體會基里洛夫的前提的意義：「假如上帝不存在，那麼我就是神。」成為神僅僅意味著一個存在於人間的自由個體，不再去服侍一個不朽的存在。當然，尤其要從那個痛苦的獨立中得出所有推論。假如上帝存在，一切都取決於他，我們完全無法對抗他的意志。假如上帝不存在，一切就取決於我們。對於基里洛夫來說，一如對於尼采，誅殺上帝意味著變成神本身，而這正是福音書中所談的在人間實現永生。[33]

然而，假使這個形而上的罪行足以達致人的完善，為何還要加上自殺呢？為何在贏得自由之後，還要了結自己、離開這個世界呢？這實在是個矛盾。基

33 「斯達夫洛金問道：『您相信另一個世界存在永生嗎？』基里洛夫回答：『不，永生只存在於我們這個世界。』」

里洛夫心知肚明，他補充說道：「如果你意識到那個道理，你就成為沙皇，根本不會自殺，你將活在榮耀之巔。」但多數人不明白這一點。他們不知道「那個道理」。如同在普羅米修斯的時代，人們懷著盲目的希望。[34]他們需要有人為他們指引道路，他們無法對宣道說教充耳不聞。所以基里洛夫出於對人的大愛，不得不走上自殺一途。他必須為他的手足同胞指出一條康莊大道，雖然路程崎嶇；而他將是踏上這條路的第一人。這是一場極富教育意義的自殺。於是基里洛夫犧牲了自己。不過假如他被釘在十字架上，他也並沒有被犧牲。他依舊是人神，深信沒有未來的死亡，並且充滿著福音的哀傷。他說：「我是個不幸的人，因為我被迫要去證明我的自由。」不過一旦他死了，人們最終也受到啟發，人間從此將擠滿一個又一個的沙皇，而人的榮耀將普照大地。基里洛夫所擊出的那一槍，將是奔向最後革命的信號。因此，並非由於絕望，而是出於對他人之愛，把他推向了死境。在血泊中結束這一場難以形容的精神冒險之前，基里洛夫說了一句與人的磨難同樣古老的話：「一切都很好。」

34 「人創造上帝只是為了免於自殺。這就是直到現在的宇宙史概要。」

杜斯妥也夫斯基筆下的自殺主題，確實就是荒謬的主題。在繼續更進一步的探討前，我們來看看基里洛夫又化身成為其他人物，而這些角色同樣再度投身在荒謬的主題中。斯達夫洛金與伊凡・卡拉馬助夫在實際生活中也實踐著荒謬的真理。他們正是由基里洛夫的死亡所解放的人。他們試圖成為沙皇。斯達夫洛金過著「諷刺的」生活，眾所周知這意指為何。他激起周遭的人對他的恨意。然而，在他的訣別信中，我們看到這個角色的關鍵：「我完全無法厭惡任何事情。」他是漠然的沙皇。而伊凡在拒絕放棄心智的無上權力時，也表現出同樣的態度。對於那些由個人經驗證明了必須屈從於信仰的人，如同他的弟弟，伊凡可能會回應他們說，如此的境況是可恥的。他的關鍵在於：「一切皆允許。」這句話帶著相應的憂鬱色調。可以想見，如同尼采這位最著名的上帝殺手，伊凡最後也以瘋狂收場。這是值得冒上的風險，而面對這些悲劇性結局，荒謬的人的直覺反應是問：「那能證明什麼？」

如同《作家日記》，這些小說皆提出了荒謬的問題。這些小說創立了致死方休的邏輯、狂熱、「可怕的」自由、沙皇的榮耀成為人性。一切都很好；一切皆允許；沒有可憎的事：這種種都是荒謬的評斷。如此的創作是這麼不可思議！那些歷經冰與火的考驗的人物，對我們來說是如此熟悉！而那個在他們心中隆隆作響、由漠然所主導的熱情世界，我們並不以為有任何殘酷之處。我們在其中看件日常生活的種種焦慮。大概沒有人可以如同杜斯妥也夫斯基一般，懂得賦予荒謬的世界如此親近、如此折磨人心的魅力。

不過他的結論為何？以下兩則引文將顯示出全然的形而上的翻轉，把作家本人導向其他的領悟。由於合乎邏輯的自殺這個主張引發了若干評論家的異議，杜氏於是在《作家日記》的續刊中詳述了他的立場，並做出如下結論：「如果永生的信仰對人是如此不可或缺（以致於沒有它，人最終將走上絕路），那是因為信仰是人性的正常狀態。既然人有這樣的屬性，那麼人類靈魂的永生必定存在。」另一個引文出現在他最後一部小說的結尾處；當一場與上帝之間驚天動地的爭鬥步入尾聲之際，孩子們問阿遼沙（Aliocha）說：「卡拉馬助夫先生，宗教說的都是真的嗎？我們死後會復活嗎？我們到時候還會再見到彼此嗎？」阿遼沙答道：「沒錯，我們會再相見，我們會快樂地訴說所經歷過的一切。」

如此一來，基里洛夫、斯達夫洛金與伊凡都是被擊敗的人。《卡拉馬助夫兄弟們》（*Les frères Karamazov*）回應了《附魔者》。它正是一項結論。阿遼沙這號人物並不像梅什金公爵（prince Muichkin）那麼曖昧不明。梅什金公爵有病在身，始終生活在當下，臉上帶著細微變化的微笑與淡漠；這種至福的狀態可能就是公爵所談的永恆生命的展現。相反地，阿遼沙就表達得很清楚：「我們會再相見。」重點不再是自殺與瘋狂。對於確信永生與自己的喜樂的人，那麼做有何好處？人用自己的神性交換了幸福。「我們會快樂地訴說所經歷過的一切。」同樣地，基里洛夫扣下扳機，槍聲響徹俄羅斯某處，然而世界持續在盲目的希望中向前滾動。人們並不了解「那個道理」。

所以，對我們講述故事的人，並非一個荒謬的小說家，而是一名存在的小說家。在此思想的跳躍依舊動人，它將崇高性帶給了啟迪它的藝術。這是一種感人的認同，充滿著疑惑，流露不確定性與熊熊熱情。杜斯妥也夫斯基在談及《卡拉馬助夫兄弟們》一書時寫道：「該書所有章節持續探索的主要問題，也是我這一生自覺或不自覺蒙受其苦的相同問題，亦即上帝存在與否的問題。」很難相信一部小說就足以把畢生的苦難轉變成喜悅的確信。有一位評論家[35]正確地注意到這一點：杜氏本人與伊凡的關係密切；《卡拉馬助夫兄弟們》一書中那些肯定式命題的章節，杜氏投入三個月的努力才得以完成，而他稱之為「褻瀆」的章節，卻以三週時間寫畢，而且是在狂熱的狀態下完成。在他的人物角色中，沒有一個不是芒刺在背，沒有一個不去擾動那根刺，或是不在感官或永生中尋找療方。[36]總之，讓我們在心中牢記這個疑惑。在這樣的一部作品中，從

35 波利斯．德．施勒策爾（Boris de Schloezer）。

36 紀德（Gide）有一個有趣又精闢的評語：在杜斯妥也夫斯基筆下，幾乎所有人物都是一夫多妻。

比白晝更強烈的昏暗之中，我們得以領會到人對抗著希望的戰鬥。而直到最後，創作者選擇了對抗他的人物。這個矛盾使我們可以做出判斷。此處所討論的並非是一部荒謬的作品，而是一部提出了荒謬問題的作品。

而杜氏對此問題的回答是謙卑：如果是斯達夫洛金來回答的話，他會說「可恥」。相反地，荒謬的作品並不提供答案，這就是兩者的相異之處。最後，我們要留意一點：在這部小說中，牴觸荒謬的並非是它的基督教性質，而是它所宣告的來世。我們可以既是基督徒，又是荒謬的人。有些基督徒並不相信來世。所以，就藝術作品來說，是有可能明確指出某個荒謬分析的方向；本文在早先的段落已經揣測一二。這個分析方向導出了「福音書的荒謬性」的問題。它闡明了以下的觀念：信仰並不會阻止對神的懷疑；這個觀念將產生豐富的影響。相反地，可以明顯見到熟悉這些推論路徑的《附魔者》的作者，最後卻選擇了一條完全不同的道路。創作者對他筆下人物的回答令人驚訝，比如，杜斯妥也夫斯基對基里洛夫的回答可以概述如下：存在是虛幻的，**而且**也是永恆的。

短暫的創作

在此我領略到，我們不可能永遠逃避希望；希望會糾纏那些力圖擺脫它的人。而這正是我在迄今為止所關注的作品中所發現的有趣之處。至少在創作的範疇中，我可以列舉若干真正屬於荒謬的作品。[37]不過凡事皆有個開端。本文探討的是某種忠誠之心。教會之所以對異教徒如此嚴苛，只是因為它以為最凶惡的敵人莫過於迷途的孩子。對於建立正統教條而言，勇敢的諾斯替教派（gnosticisme）的歷史，與持續不墜的摩尼教（manichéisme）思想潮流，都做出比所有禱告更大的貢獻。對於荒謬來說，情況亦然。我們即便認出了荒謬的道路，卻也發現遠離它的路徑。當荒謬推理結束之際，在某個由它的邏輯所決定的態度中，可以發現希望戴上它最動人的面具出沒其間，這並非無關緊要之

37 比如梅爾維爾的《白鯨記》（*Moby Dick*）。

事。這顯示了荒謬苦行的艱難之處。這尤其表明，有必要持續保持覺醒的意識，並且這也肯認了本文的論述架構。

然而，假如現在還不是列舉荒謬作品的時機，那麼至少可以就創作的態度做出結論，亦即種種可以使荒謬的存在臻於完善的態度。最能服務藝術者，莫過於否定的思想。它的晦暗與被貶低的方法，對於理解偉大的作品來說，是如此不可或缺，如同黑白相對。「不為什麼」地工作與創作（比如用陶土做雕塑），知道自己的創造沒有未來，明白自己的作品一日間就會毀壞，但它的重要性與建造幾世紀的事物並無二致——這便是荒謬思想所認同的艱深智慧。同時進行這兩項任務：一方面否定，一方面卻讚美；這就是荒謬的創作者所面臨的道路。他必須給虛空抹上色彩。

這將推導出關於藝術作品的一個獨特概念。創作者的作品常被認為是一系列孤立的證言，因此將藝術家與鬻文為生的人混為一談。深刻的思想是一段持續生成的過程，它切合生命經驗，由此被塑造出來。同樣地，一個人的單一創作物會被他連續又多重的創作面貌——亦即他所有的作品——所強化。這些作品彼此互補，彼此修正或超越，同樣也彼此矛盾。假使有什麼可以讓創作劃下句點，那並非來自盲目藝術家所發出的虛幻的吶喊：「我已道盡一切。」而是創作者之死，他關閉他的經驗，闔起了他的才華所寫就的書頁。

這樣的努力、這樣超出常人的覺醒，對讀者而言並不必然顯而易見。人的創作並無神祕之處。是意志創造出奇蹟。但是至少沒有祕密就沒有真正的創作。確實，一系列的作品可能只是相同的思想一系列的近似物。但也可以設想有另一種創作者，他們是透過並列的方式來進行創作。他們的作品可能看起來彼此毫無關聯。而且，在某種程度上，這些作品之間也相互矛盾。不過如果把所有作品集合成一個整體，就可看出各個作品各有安排。譬如，它們從死亡中得出最終的意義。這些作品從它們的作者的生命本身，領受了最明亮之光。在死亡的一刻，作者的一系列作品只是一部失敗集。不過假使這些失敗皆保有同樣的共鳴，創作者就能反映出他個人的處境，並使他所持有的這個毫無建樹的祕密發出迴響。

在此，需要相當的控制。不過人的智識卻足以做得更多。智識顯示出創作有意識的一面。我在其他地方曾經指出，意志的唯一目標就是維持覺醒。但是如果沒有紀律，這將無法運作。在所有講求耐性與清醒的學派中，創作是最有效率的一種。創作亦是人唯一的尊嚴的見證：它是對人的處境的頑強反抗，它是對被視為徒勞的努力的堅持。創作要求每日的投入、自制力、活力、有分寸，與精確判斷現實的侷限。創作相當於一場苦行。這一切的作為皆「不為什麼」，只為一再反複與原地踏步。或許偉大的藝術作品就其本身而言並非如此意義重大，真正重要的是，它要求人們去面對的考驗，以及它給予人們克服幻想、更加靠近真正現實的機會。

——

請不要產生美學上的誤解。我在此所做的並非是耐心說明，以及對於某個論題進行連續不斷、徒勞無益的闡述。我所要求的恰恰相反——如果我已經清楚說明了自己的看法的話。主題式小說，那種起著證明效果的作品，是所有小說中最可憎的一種，它的靈感幾乎總是來自某種自滿的思想。你以為了解了真相，所以就對它加以說明。但是你所提出的只是意見，而意見是思想的對立物。那樣的創作者是可恥的哲學家。相反地，我所提及或想像的創作者，則是清醒的思想家。在某一個時間點上，當思想回顧它自身，這些創作者建立起屬於他們的作品的形象，而這些形象就如同是某個有所侷限的、致命的、反抗的思想的明顯象徵。

他們的作品也許能證明什麼。然而，小說家會把這些證明留給自己，而不是給出去。重要的是，小說家要在具體中勝出，這才是他們的偉大之處。這個全然肉體意義上的勝出，已經透過某種思想安排妥當，亦即那是一種抽象遭到貶抑的思想。當小說家全然勝出，肉體同時也會使創作閃耀著荒謬的光芒。正是嘲諷的哲學家才能寫作出熱情洋溢的作品。

放棄統一性的思想才會頌讚多樣性。而多樣性則是藝術的場域。唯一能解放心智的思想，是能讓心智獨處、讓心智確信它的侷限與目標。任何的教條都無法煽動心智。心智等待作品與生命的成熟。當作品脫離了心智，作品將再次讓人聽到發自靈魂的震耳欲聾的聲音，而靈魂將永遠擺脫希望。或者，假使創作者厭倦了這場遊戲，企圖改變方向的話，那麼作品將使人什麼也聽不到。這兩種情形都可能發生。

———

因此，我對荒謬創作的要求，一如我對思想的要求：必須展現反抗、自由與多樣性。而荒謬的創作接下來就會顯現出它徹底的無用性。在這個智識與熱情交融的努力中，荒謬的人將發現某種構成他的最大力量的紀律。而他需要專注，加上頑固與明智，一如征服者的態度。創作因此是賦予自己的命運某種形式。對於所有這些人物，作品界定了他們，如同他們界定了作品一般。演員使我們習得了：在表象與本質之間，沒有任何界線。

讓我再重複一遍。所有這一切都沒有任何真實的意義。在這條自由之路上，還是有可以致力的進步空間。對於這些人，無論是創作者或征服者，最後的努力是去了解如何擺脫他們的事業；而且在最終能夠承認，不管是戰利品、愛情或創作物等作品本身，很可能並不存在；創作往往只是個人生命的徒勞。這甚至可以讓他們在完成作品時，感到更自在從容，如同領略到人生的荒謬性，便讓他們縱身投入荒謬的生活。

而所剩下的就是命運；命運的唯一出路是死路。在死亡這個唯一的必然性之外，無論是喜悅或幸福，一切皆是自由的。世界依然故我，而人是其中唯一的主人。過去牽絆他的是對於另一個世界的幻覺。而如今他的思想的結局不再是自我放棄，而是透過諸般形象重新活躍起來。思想於是開始嬉戲——這確實會發生在神話領域之中，不過是那些僅呈現人的苦痛的神話；而且如同思想一般，神話也是無窮無盡的。這樣的神話，並非是帶有娛樂與盲目效果的諸神傳奇，而是人間的一幅幅面貌、姿態與戲劇，呈現出一種艱深的智慧，與一種轉瞬即逝的熱情。

薛西弗斯的神話

朝向山頂的戰鬥本身，就足以充實人心。
我們應當想像薛西弗斯是快樂的。

薛西弗斯受到諸神的譴責而必須永無休止地推著一塊巨石上山，但到達山頂之後，巨石會因為自身的重量又往山下滾去。出於某種理由，諸神以為，最可怕的懲罰莫過於徒勞無功、沒有希望的勞動。

根據荷馬（Homère）的說法，薛西弗斯是最聰明謹慎的凡人。然而，根據其他的傳說，薛西弗斯可能專幹攔路搶劫的勾當。我看不出其中有何矛盾之處。而對於薛西弗斯為什麼被打入地獄做著最枉然的事，有各式各樣的說法。首先，他被控對諸神不敬。他洩漏了他們的祕密。河神阿索波斯（Asope）的女兒愛琴納（Egine）被天神朱庇特（Jupiter）擄走。做父親的對於女兒的失蹤感到很震驚，便向薛西弗斯訴苦。薛西弗斯清楚這樁誘拐事件，他提議說如果阿索波斯可以賜水給科林斯（Corinthe）城堡，他就願意道出事情原委。相較於天降雷電，薛西弗斯寧取水的恩典。但他因為這樣的行為而被貶入地獄受懲。荷馬也說過，薛西弗斯曾用鐵鍊銬住了死神。冥王普魯托（Pluton）無法忍受自己的國度荒涼的景象，於是派遣戰神去把死神從這名征服者的手中解救出來。

據說薛西弗斯在臨死之際，草率地想要檢驗妻子對他的愛。他命令妻子不要埋葬他，直接將他的屍首丟到公共廣場中央。後來薛西弗斯在陰間醒來。對於妻子只顧遵從命令卻違逆人之常情的作法，他感到非常惱怒，於是在普魯托的同意下，重返人間懲罰他的妻子。但是當他重新見到這個世界的景貌，重溫了陽光與水、發燙的石頭與大海之後，他便不願再回到地獄的永夜中。冥王的召喚、怒斥與警告，皆無法動搖他。他住在海灣邊，面對燦爛的大海與大地的笑容，如此又過了多年。眾神不得不下令。引靈者墨丘利（Mercure）前來逮捕這名厚顏無恥的人，奪走他的喜悅，強行把他帶回陰間，在那裡已經為他備好了一塊巨石。

我們已經了解薛西弗斯是荒謬的英雄，既因他的熱情，也因他所遭受的折磨。他對諸神的蔑視，他對死亡的憎惡，他對生命的熱情，使他遭到了難以描述的苦刑，他整個存在都枯耗在徒勞無功的行動上。這是他對塵世的熱愛所必須付出的代價。而有關他在地府的情景，我們一無所知。神話的存在是為了讓想像力可以為它們注入生命。有關薛西弗斯的故事，我們只見到他用盡渾身的力氣，抬起巨大的石頭，滾動它，朝著山頂挺進，然後一次又一次重新開始；我們看到他扭曲的臉龐，臉頰緊貼著石頭，肩上壓著覆滿黏土的巨石，雙腳撐地；他伸直手臂，重新扛起石頭，雙手沾滿泥濘，流露出全然屬人的自信。在漫無邊際的時空中，在漫長努力的盡頭，他終於到達目的地了。然後，頃刻間，薛西弗斯就看見石頭朝著下方世界滾去。他必須再度把巨石推到山頂上，於是他走下山去。

薛西弗斯使我感興趣之處正是在這個回程，這段暫停期間。原本用力貼著石頭的臉龐，變得像石頭一樣！我看見這個男人以沉重但平穩的腳步走下山，走向他不知何日終結的折磨。這段時間像是一個喘息的片刻，也一如他的苦難般必定會再出現。那是有意識的時刻。從他離開山頂，朝山下走向諸神住所的每分每秒，他是他的命運的主人。他比那塊巨石還要強韌。

假如這則神話是個悲劇，那是因為它的主角是有意識的。假使他踏出的每一步，成功的希望都支持著他，那麼他的苦難在何處？今日的工人們天天做著相同的工作，持續一輩子，這樣的命運並不會比較不荒謬。但是唯有在那罕見的有意識的時刻，它才是悲劇性的。薛西弗斯這個眾神底下的勞動者，既無能為力卻又有反抗之心，他明白自己的不幸境遇；這正是他走下山時在思考的問題。清醒與明智導致了他的苦痛，卻同時讓他取得了勝利。沒有什麼命運是不能被輕蔑所戰勝的。

———

如果說下山的過程有時令人感到悲傷，它同樣也可能洋溢著喜悅。說「喜悅」並不誇張。我想像薛西弗斯朝巨石走去時，一開始是感到悲傷的。當塵世的記憶始終揮之不去，當幸福的召喚變得太過沉重，哀愁就會從人的心底升起：這是巨石的勝利，是那塊巨石本身贏過了他。無邊的哀愁沉重得難以負荷。這是我們的受難夜。然而，那些將人擊垮的事實，一經承認就消亡了。從而，伊底帕斯（Œdipe）起初因為不知道便聽從著命運的主宰。但從他明白一切的那一刻起，他的悲劇就開始了。於此同時，失明與絕望的他明瞭，他與這個世界的唯一連結是一位少女的青春之手。於是，偌大的空間裡迴盪起一段撼人的告白：「儘管經歷過這麼多考驗與磨難，但遲暮之年與崇高的靈魂使我認為，一切都很好。」索福克勒斯（Sophocle）筆下的伊底帕斯，如同杜斯妥也夫斯基筆下的基里洛夫，道出了代表荒謬的勝利格言。遠古的智慧證實了現代的英雄思想。

我們若不是想要寫出某種幸福手冊，就不會發現荒謬。「什麼！要透過這麼狹隘的作法？」但是我們就只有這麼一個世界。幸福與荒謬都是這個世間的兒子。兩者無法分割。若說幸福必然從發現荒謬而來，是不對的。荒謬也會從幸福而來。伊底帕斯說：「我認為，一切都很好。」這句話如此崇高。它迴響於人類粗暴又受限的宇宙中。它告訴我們，一切皆未被耗盡，從來沒有被耗盡。它把帶來不滿與苦難的神逐出這個世界。它把命運變成是一件人的事務，必須由人們自己去解決。

薛西弗斯一切沉默的喜悅就在這裡。他的命運屬於他。他的巨石是他的事。同樣地，當荒謬的人沉思自己的苦痛時，眾神皆噤聲。在這個頓時悄然的宇宙間，大地揚起無數微小的驚嘆聲。無意識的、祕密的召喚，所有面孔發出的邀請，都是勝利必然的逆反與代價。太陽帶來光，也帶來陰影，認識黑夜是必要的。荒謬的人對此抱持肯定的答案，他的努力將永無休止地進行下去。假使有個人的命運，就不會有更高的命運，或者即使有的話，也只是一種在他眼中無法避免的、可鄙的命運。至於其餘的一切，他知道自己是生命的主人。當他轉身回顧自己的生命，當薛西弗斯朝向他的巨石走去，在這微妙的片刻，他思忖著這一連串沒有關聯性的行動；這些行動已經成為他的命運，由他自己所創造，在他的記憶中連結起來，不久之後將由他的死亡所封緘。深信一切屬人的事物都只有純然屬人的根源，因此失明的人儘管明白長夜無盡卻也渴望看見，他始終邁步前進。巨石依舊滾動著。

我就留薛西弗斯在山腳下吧。一個人總是會發現他的重擔。但薛西弗斯展現一種更高的忠誠之心：否定諸神，扛起巨石。他也認定一切都很好。這個此後再沒有主宰的宇宙，對他來說既不荒瘠，亦不徒勞。組成那顆石頭的每個微粒，幕色籠罩的山陵的每片礦岩，它們本身便是一個世界。朝向山頂的戰鬥本身，就足以充實人心。我們應當想像薛西弗斯是快樂的。

附錄

法蘭茲・卡夫卡作品中的希望與荒謬

卡夫卡的整體藝術在於讓讀者反覆閱讀品味。他的作品的結局（或是沒有結局）所提出的解釋並非以清晰的語文呈現，而必須從另一個角度重新閱讀一遍，直到看起來好像有道理。有時會有兩種詮釋的可能性，因此有必要閱讀兩次。卡夫卡有意如此。然而，想要鉅細靡遺闡釋卡夫卡作品中的每件事，是不對的。象徵總是概括性的，無論轉譯得多麼準確，藝術家也只能重視象徵的行動：從來無法逐字對照。再者，沒有比理解象徵性作品更難的事了。象徵向來都超越了運用它的人，讓創作者實際上所呈現的比有意表達的還要多。就此而論，最穩當的作法是不要挑戰它，不要帶著成見去看一部作品，不要去探求它隱藏的動向。尤其對於卡夫卡這樣的作家，要接受他的規則，由表面觀其劇作，由形式理解他的小說。

對一個漫不經心的讀者來說，第一眼注意到的是令人不安的奇遇歷程，小說中驚惶與頑固的人物被捲入他們永遠搞不清楚的問題。在《審判》（*Le procès*）一書中，約瑟夫．K（**Joseph K**）受到指控。但他不知道自己為什麼被指控。他無疑亟欲為自己辯護，不過他不了解為何要這麼做。律師們覺得他的案子很棘手。然而，在此期間，他沒有忘記談情說愛，也沒有忘記吃飯或看報紙。接著他遭到審判。但是法庭上光線昏暗。他不太了解狀況。他以為自己被定了罪，但到底是什麼罪他幾乎沒有多想。有時他不免懷疑，但還是繼續過日子。過了一陣子，兩名穿著得體、彬彬有禮的男子來找他，要他跟他們一起走。他們非常客氣地領著他來到一處破舊的郊區；他們把他的腦袋按在一塊石頭上，劃開他的喉嚨。在嚥氣之前，這名受刑人只說了一句話：「像條狗似的。」

像這樣一篇故事，最顯著的特質是敘事的自然性（le naturel），很難去談論象徵。但自然性是一個難以理解的概念。有些作品所描述的事件對讀者來說似乎很自然。但有些作品（確實比較罕見）是故事中的人物覺得自己所遭遇的事理所當然。然而，有個奇怪又明顯的矛盾，也就是故事人物的遭遇愈離奇，故事看起來就愈自然；其間差異就如同我們覺得角色的生活愈是不可思議，他卻愈是能夠坦然接受。這種自然性就是卡夫卡的特質。正因如此，我們可以清楚領略《審判》的意義。人們談到了某種人類處境的意象。確實如此。不過這樣的說法過於簡單，也過於複雜。我的意思是，這本小說的意義對卡夫卡來說是更特別也更個人的。在某種程度上，他就是故事裡的那個說話者，儘管聽他懺悔的是我們。他活著，且遭到判刑。在小說的最初幾頁裡他就得知此事；而他在這個世界繼續過著小說中的生活。他若想要處理這個問題也不令人驚訝。而對於這樣的缺乏驚訝，他從未表現出足夠的驚訝。正是這樣的矛盾讓人看到荒謬作品的第一個徵象。心智將它的精神悲劇投射到具體的事物。而要做到這一點，唯有藉由一種永恆的矛盾——用色彩去表達虛空，以日常行動去闡釋永恆的抱負。

———

同樣地，《城堡》（*Le château*）或許是實踐的神學，但首先它是一場個人的冒險：靈魂追尋恩典，男人探求世間萬物的奧祕及沉睡在女人體內的神的標記。至於《變形記》（*La métamorphose*）則確實代表著某種清明的倫理的恐怖意象。但它也來自於當人覺察到自己就這樣變成野獸時，所感受到的那種難以估量的詫異。卡夫卡的祕密就存在於這種根本的差異中。自然與異常、個體與普遍、悲劇與日常生活、荒謬與邏輯，這些永無休止的擺盪不斷出現在他的作品中，為它們帶來迴響與意義。為了理解荒謬的作品，必須舉出這些矛盾，強調這些對比。

事實上，象徵有兩個層面：觀念與感受的世界，以及一部溝通兩界的詞典。這部詞典是最難建立的。不過意識到有兩個相對的世界，就已踏上了通往它們隱密關係的道路。在卡夫卡的作品中，這兩個世界一邊是日常生活，一邊是超自然的憂慮。[38]在此似乎又見到一再被引用的尼采名言：「偉大的問題就在街上。」

人的處境（這是所有文學作品的陳腔濫調）中存在一種根本的荒謬性，以

38 請注意：我們同樣可以合理地從社會批判的角度來闡釋卡夫卡的作品，比如《審判》即是一例。此外，或許不需選擇。這兩種闡釋方式都很好。從荒謬的觀點，如同我們已經見到的，對人的反抗也是對上帝的反抗：偉大的革命永遠是形而上的。

及一種難以動搖的崇高。兩者並存，理所當然。讓我再說一次，兩者呈現在那個將我們靈魂的無度與肉體的短暫歡愉一分為二的可笑離異中。荒謬大抵即是肉體的靈魂過度超越了肉體本身。想要再現這種荒謬性的人，必須藉由一連串的平行對比。卡夫卡於是藉由日常生活來表達悲劇，透過邏輯來表現荒謬。

演員要避免誇大才更能夠表現悲劇角色。假如他是節制的，他所激起的驚恐會更大。希臘悲劇裡這種例子不勝枚舉。在一齣悲劇中，藉由邏輯與自然性的掩飾，觀者更能夠感受到命運的力量。伊底帕斯的命運預先就宣布了，冥冥之中他將犯下謀殺與亂倫的重罪。整齣戲於是致力於呈現一個邏輯系統，經由一步步的演繹，最終將實現主角的厄運。若只是告訴我們這個罕見的命運，則沒什麼可怕之處，因為它不太可信。但如果它是在日常生活、社會、國家、熟悉的情感等架構之下向我們展現，那麼這種恐怖就會被認可。在那種嚇人並讓人說出：「那是不可能的！」的情況中，卻包含了對「那是可能的」絕望的確信。

這是希臘悲劇的整個奧祕所在，或者至少是它的一個面向。還有另一個相反的面向，可以幫助我們更加了解卡夫卡。人心有個惱人的傾向，常常把壓垮他的一切稱為命運。而幸福也是一樣毫無理由可言，當它降臨亦無法逃避。然而，現代人看見幸福後卻把締造它的功績歸於自己。相反地，希臘神話中那些受到眷顧的命運，與傳奇中那些得厚愛的人物，比如尤利西斯（Ulysse），他們都歷經了最凶險的旅程，最終是靠自己解救了自己，而箇中有許多因素值得一談。

總之，必須牢記那股把邏輯與日常生活連結到悲劇性的神密力量。這就是為何《變形記》的主角薩姆沙（Samsa）是一名旅行推銷員。這就是為何在使他變成一隻害蟲的荒誕事件中，唯一讓他不安的問題是老闆對他沒去上班會不高興。他長出蟲腳與觸角，他的脊椎隆起，他的肚子上布滿白點——我不會說這些並不使他吃驚，免得效果打折扣——但這讓他感到「一點點困擾」而已。卡夫卡的整個藝術就在這細微的差別。在他的核心作品《城堡》中，日常生活的細節被突顯出來；在這部古怪的小說裡，任何作為皆屬徒勞，一切不斷從零開始，但這是靈魂追尋想像中的恩典的根本歷程。這種把問題化為行動，以及普遍性與個別性同時並存的作法，亦可見於每一個偉大的創作者的小訣竅中。《審判》的主角可能是史密特（Schmidt）或法蘭茲．卡夫卡。但他叫作約瑟夫．K。他並非卡夫卡，卻也是卡夫卡。他就是一個普通的歐洲人，如同所有人一樣。他也是那個寫下肉體方程式中的未知數X的《城堡》人物K。

同樣地，假使卡夫卡想要表達荒謬，他會前後一致。有個眾所熟知的傻子在浴缸中釣魚的故事。一名從事精神治療的醫生問傻子：「有沒有魚上鉤啊？」結果傻子厲聲回道：「怎麼可能，你這個笨蛋，這可是個浴缸啊！」這是個誇張的故事。但它清楚顯示荒謬效果和過度使用邏輯的關係。卡夫卡的世界確實是一個難以描述的宇宙，人們痛苦地享受在浴缸中釣魚，卻也明白什麼都釣不到。

因此我看到一部根本上屬於荒謬的作品。就《審判》而言，我可以說它是完全的成功。肉體贏得勝利。它什麼都具備了，無論是未表達出來的反抗（但正是反抗在書寫）、清醒而無聲的絕望（但正是絕望在創造），或是小說人物至死所展現出的驚人的態度上的自由。

——

然而，這個世界並未如看來那般封閉。在這個毫無進展的宇宙中，卡夫卡以奇異的方式帶入了希望。就此而言，《審判》與《城堡》的取向並不相同。兩者互補。從此到彼可以察覺到極細微的演進，這代表在逃避的王國中一個巨大的征服。《審判》所提出的問題，在某種程度上由《城堡》解答了。前者依照某種幾乎是科學的方法進行描寫，而且不做出結論。後者則在某種程度上進行了解釋。《審判》提供了診斷，《城堡》則提出了某種治療方式。然而，在此所提出的療方卻無法使人痊癒。它只是把疾病帶回到正常生活中。這個療方有助於接納疾病。在某種意義上（讓人想起了齊克果），這個療方讓人珍愛疾病。除了折磨他的憂慮，土地測量員K無法想像還有什麼其他的不安。他周圍的人也陷入那樣的虛空和無名的痛苦，受苦在此處彷彿戴上了尊榮的面具。「我多麼需要你，」芙麗妲（Frieda）對K說：「自從我認識你之後，只要你不在我身邊，我就感覺自己被拋棄了。」這個微妙的療方使我們愛上壓垮我們的事物，並讓希望誕生於沒有出口的世界；這個突然的「思想跳躍」，將使一切因它而改變，這正是存在思想的革命，以及《城堡》的祕密。

少有作品的故事發展比《城堡》更嚴謹。K被任命為城堡的土地測量員之後，他來到村子裡。村子與城堡之間的聯繫是不可能的。在幾百頁的篇幅中，K堅持要找到與城堡聯繫的方法，他使盡所有手段和計謀，但他絕不氣餒；他帶著某種令人困惑的信念，承擔被交付的職責。每一章都是一場失敗，同時也是重新開始。這並非出自邏輯的結果，而是出自堅持不懈的精神。他的堅持構成了作品的悲劇性。當K打電話給城堡時，聽筒裡傳來的聲音含糊不清，摻雜著隱約的笑聲，他感覺像是遙遠的召喚。但這足以滋長他的希望，如同出現在夏日天空的若干徵兆，或是夜晚的許諾，使我們有了活下去的理由。在此可以看見卡夫卡特有的憂鬱。事實上，在普魯斯特的作品中，或是在柏羅丁所揭露的景致中，也可嗅到相同的憂鬱，那是對於失落的樂園的鄉愁。「當巴納巴斯（Barnabé）早上告訴我他要去城堡時，」奧爾嘉（Olga）說：「我就悲傷了起來；這一趟很可能白費工夫，這一天很可能就白白浪費掉了，而希望很可能是一場空。」卡夫卡以「很可能」這個詞的暗示賭上了整部小說。不過並沒有產生任何結果；在此對永恆的追尋是小心翼翼的。卡夫卡筆下這些人物都是受到啟發的機器人，讓我們看到如果被剝奪了屬於我們的「排遣」[39]活動，屈服在神的腳下，我們將會是什麼模樣。

在《城堡》中，屈服於日常生活已經成為一種倫理。K所懷抱的最大希望，是被城堡所接納。由於他無法獨力達成此事，於是他藉由成為村裡住民的一份子，消除別人覺得他是來自異邦的感受，並且將全副心力投注於讓自己有資格獲得城堡的青睞。他想要的是一份工作、一個家庭，以及正常而健全的人

39 在《城堡》中，兩名助手似乎代表著巴斯卡式的「排遣」；他們讓K可以「暫時脫離」他的憂慮。芙麗妲之所以最後成為其中一名助手的情人，是因為她偏好被安排好的一切勝於真理，寧過日常生活而不願共享焦慮。

所過的生活。他再也不能忍受自己的瘋狂。他希望自己保持理智。他想要擺脫使他成為村子的陌生人這個詛咒。就此而言，有關芙麗妲的段落就顯得頗為重要。她熟識一名在城堡中任職的官員；而Ｋ之所以把芙麗妲當作情人，是因為她過去的往事。他從芙麗妲身上獲得了某些超越他自己的事物，他同時也察覺到芙麗妲永遠配不上城堡的原因。在此讓人聯想到齊克果對雷吉娜・歐爾森（Régina Olsen）的那種怪異的愛。在某些人身上，吞噬他們的永恆之火是如此熾熱，足以燒毀親近他們的人心。把不屬於上帝的事物也歸給上帝，這個重大的錯誤也是《城堡》的主題。但是對卡夫卡來說，這似乎不是錯誤。它是某種教義與「思想跳躍」。沒有什麼是不屬於上帝的。

更具有意義的是土地測量員為了親近巴納巴斯姊妹，疏遠了芙麗妲。因為巴納巴斯一家人是村子裡唯一被城堡與村子都拋棄的家族。姊姊阿瑪莉亞（Amalia）曾經拒絕城堡一名官員令人不齒的求愛。隨之而來的是對她的不道德的詛咒，把她排除在上帝的垂愛之外。無法為了上帝而不顧自身的榮譽，意味著沒有資格領受上帝的恩典。從中可以看到存在哲學很熟悉的一個主題：真理與道德的對立。而後果是嚴重的。卡夫卡的主角所踏上的這條從芙麗妲到巴納巴斯姊妹的道路，正是從信任的愛走向奉荒謬若神的道路。就此我們再度看到卡夫卡與齊克果的思想的相似之處。不意外地，「巴納巴斯姊妹的故事」是寫在該書之末。土地測量員的最後企圖是透過否定上帝的事物去重新發現上帝；並且不是由善與美的範疇去認識，而是透過上帝的漠然、不公與憎恨所顯露的虛空與醜惡的面目去認識。這名請求城堡接納他的異鄉人，在他的旅程終點，更接近了那種被流放的狀態，因為他對自己不忠，他放棄了道德、邏輯與精神的真相，心中滿溢著瘋狂的希望，只為了試圖進入神恩的荒漠。[40]

———

「希望」這個詞在此並不可笑。相反地，卡夫卡筆下的情節愈是悲劇性，希望就變得更加肯定與具侵略性。《審判》的荒謬性愈是真實，《城堡》的「思

40 這一點在卡夫卡留給我們的未完成作品《城堡》中更加明顯。但不免令人懷疑作家本人竟會在最後幾章打破全書統一的調性。

想跳躍」就愈顯得動人與不合理。然而，此處我們再次見到存在主義思想的矛盾，一如齊克果所說的：「人間的希望應當被擊斃，唯有如此人們才能被真正的希望[41]所拯救。」這段話可以翻譯如下：「必須先寫完《審判》，才能提筆創作《城堡》。」

大多數談及卡夫卡的評論者，確實將他的作品定義為絕望的吶喊，不存在得救的可能。但是這個看法需要修正。希望處處可見。對我而言，波爾多（Henry Bordeaux）的樂觀作品特別使人感到沮喪，因為它沒有任何差別。相反地，馬勒侯的思想始終令人感到振奮。不過就這兩個例子來說，重點不在於相同的希望或相同的絕望。我只是發現荒謬的作品本身有可能導致我想要避免的不忠。這樣的作品不過是對於某種徒然的處境所做的沒有意義的反映，也僅僅是對於短暫易逝的事物所做的頌揚，它變成了幻覺的搖籃。它提出了解釋，賦予希望某種形式。創作者不再能夠與之分離。它已經不是原本應該成為的悲劇性遊戲。它使作者的人生獲得了意義。

41 亦即心靈的純粹性。

無論如何，奇特的是在一些受到類似啟發的作品，比如卡夫卡、齊克果或舍斯托夫等人的著作，簡言之就是存在哲學家與小說家的作品，全把焦點轉向荒謬與其結果，最終導致對於希望的無盡吶喊。

他們擁抱吞噬他們的上帝。希望則通過屈服而進入。存在的荒謬使他們確信更多超自然的現實。假使這條人生之路通往上帝的話，也就意味著人生有一個出口。而齊克果、舍斯托夫或卡夫卡的主角們在先後不斷踏上的旅程中所抱持的堅持不懈與頑固的態度，也成為這種確信所表現出來的力量的保證。[42]

卡夫卡不承認上帝具有崇高的道德、良善、證據與邏輯性，但這只是讓他更易落入上帝的懷抱。荒謬受到承認和接受，人於是順從它，而自這一刻起，我們明白荒謬已不再是荒謬。在人的處境內，除了懷抱逃開這個處境的希望，還有什麼更大的希望？不同於一般觀點，我再次見到存在主義懷抱著巨大的希望。正是這個希望隨著早期的基督教與福音傳布，曾掀起舊世界的萬千波濤。然而，在這個構成整個存在主義思想特徵的思想跳躍中，在這種堅持中，在這

42 《城堡》中唯一不抱希望的人物是阿瑪莉亞。而土地測量員K最反對的人正是她。

個對於沒有外在形象的神祇的測度中，如何能不見到一種清醒的自我棄絕的標記？但願這只是一種為了解救自己而逕行放棄的傲慢。如此的放棄可能帶來豐饒的結果。但放棄並無法改變傲慢。在我眼中，並不會因為清醒和傲慢一樣無用，就減損了它的道德價值。因為就定義來看，真理也是無用的。所有顯而易見的事實亦是如此。在這樣一個提供了一切卻缺乏所有解釋的世界中，價值或形而上觀念的豐饒性不過是無意義的概念。

在此可以了解卡夫卡的作品屬於哪一種思想傳統。確實，若把從《審判》到《城堡》的過程視為不可避免的結果，恐為不智之舉。約瑟夫．K與土地測量員K，只是吸引卡夫卡關注的兩個極端。[43]我會附和卡夫卡說，他的作品可能不屬於荒謬的。但這並不會使我們無法領會他的作品所具有的偉大與普遍性。這兩項特質來自於他深諳如何表現從希望過渡到悲痛、從絕望的領悟過渡到自願的盲目的日常生活過程。他的作品傳達了人逃離人性的情感轉變，從他的矛盾中汲取信仰的原因，以及從他深深的絕望中獲致希望的理由，並把他學

43 關於卡夫卡思想中的這兩個面向，可以比較以下兩者。〈在流放地〉（Au bagne）：「罪惡（亦即人的罪惡），從來就不容置疑。」以及，《城堡》中的一個段落（該書人物莫姆斯〔Momus〕的報告）：「土地測量員K的罪行殊難成立。」

習死亡的駭人過程稱作生活——因此他的作品具有普遍性（真正荒謬的作品是不具普遍性的）。它是普遍性，因為它的靈感來源是宗教性的。如同在所有宗教中，人擺脫了他的生命的重擔。儘管我明白這一點，儘管我也能夠讚賞這樣的作品，但我也知道自己並不會去追尋普遍性，我只追求真實。而這兩者可能無法並存。

假使我說真正不抱希望的思想是由相對的標準所界定，而悲劇作品（當所有關於未來的希望都被排除之後）可能是描寫快樂的人的作品，那麼我們就可以更加理解上述觀點。生命愈是令人振奮，失去生命的想法也就愈荒謬。這或許就是在尼采作品中所感受到的那種驕傲的冷漠的祕密所在。在這樣的觀念中，尼采似乎是唯一從荒謬美學推導出極端結果的藝術家，因為他所傳遞的最終訊息存在於某種毫無建樹的、征服一切的清醒意識，以及對所有超自然的慰藉的堅定否認。

以上所述足以看出卡夫卡的作品在本文架構中的重要性。我們被引領到了思想的邊界。就最完整的意義而言，卡夫卡作品中的一切元素都至關緊要。總之，它提出了全面而完整的荒謬問題。如果你願意把這些結論與我們最初的評論做比較，把本質對照於形式，把《城堡》的隱義對照於淌流其間的自然性的藝術手法，把K熱情與驕傲的追尋對照於他流連其間的日常生活背景，那麼你將可以理解卡夫卡作品的偉大在何處。因為如果鄉愁是人的標記，那麼或許沒有人曾經如卡夫卡一般，給予這個懷念的幻影如此豐富的血肉與生動性。在此同時也能感受到荒謬作品所要求的獨特的崇高性，但這一點或許無法在此處找到。假使藝術的本質是將普遍性與特殊性連結，將滴水的短暫易逝與永恆的光輝連結，那麼以荒謬作家如何連結兩個世界作為評估其偉大的依據，就更為真切。荒謬作家的祕密在於，他懂得如何在兩個世界的最大差異之處覓得確切的交會點。

坦白說，這種人與非人交錯的幾何地域在心靈的純淨處隨處可見。假如浮士德與唐吉訶德都是卓越的藝術創造，那是因為他們以塵世之手，描繪了不可度量的崇高。不過始終會來到這樣的一刻，心智否定這些人的手所觸及的真相。在這樣的一刻，創作不再被視為是悲劇性的，而只是被嚴肅對待。人於是關心起希望。但那無關他的事。他該留意的是擺脫所有的藉口。然而，在卡夫卡對整個宇宙所提起的激烈訴訟行將結束之際，我所發現的正是這些藉口。最後，對於這個使人煩擾不安的可憎世界，對於這個鼴鼠也敢於懷抱希望的世界，他不可思議的判決卻宣告了它的無罪。[44]

44 上述顯然是對卡夫卡作品的一種詮釋。可以合理地補充說：在所有的詮釋之外，沒有任何理由能夠阻止從純粹美學的角度去思考他的作品。比如，古特伊森（B. Grœthuysen）在他為《審判》所寫的傑出序言中，以比我們更高的智慧，依循書中的痛苦想像去思索；而這些想像是來自於他所稱的一名「醒著的入睡者」——這個說法令人印象深刻。這部作品的命運是它既提供了一切，卻什麼也不肯定，這或許也是它的偉大之處。

卡繆語錄

卡繆札記 1935-1959

良心不安，就必須告白。而作品正是一種告白，我需要見證。

生活和創造不是兩種天賦，而是同樣的能力。

「經驗」是虛榮的字眼。它不能實驗。
它不是被激發出來的，我們只能忍受它。

恐懼是旅行所必須付出的代價。
在某個時刻，因為和家鄉、語言距離遙遠，我們被一種隱約的恐懼攫住，本能地渴望再度受到習慣的保護。

時間會過得這麼快，是因為我們無法在時間裡做上任何記號。

卡繆從一九三五年開始寫就這些手記，內容可能是所思所想、所見所聞、談話紀錄，以及閱讀心得。從這些文字中，可以看到卡繆的生活與創作的思路。

我們沒有時間做自己，只有時間快樂。

§

儘管生命是最強大的真理，卻也是一切懦弱的源頭。

§

我們應該公開主張反抗的思想。

§

文明並不在於精緻化的程度高低，而是在於整個民族共有的意識。

§

科學會解釋那些行得通的，而不是那些存在的。

§

非贏不可的心態，表示一個人的精神層次低下。

§

有個難以覺察與理解的事實：我們可以比許多人更優越，但不會因此高人一等。

§

堅持到底不只是一種反抗，也是一種任性。

政治和人們的命運，是由一些沒有理想亦不偉大的人在做決定。真正具有高貴情操的人，不會去從政。

§

戰爭就在我們心裡，對大部分人而言，戰爭代表那股不自在，那種被迫做出的決定。選擇出征的人後悔自己不敢缺席，選擇缺席的人責備自己無法和別人共生死。

§

宿命只有一種，就是死亡。

§

我們這個時代一點也不偉大。

§

唯一可能的自由，是面對死亡的自由，真正自由的人，在接受死亡的同時也接受了它的後果。

§

大家爭先恐後地活著。但主宰我們的死亡才是真正困難的。

死亡讓愛情有了形狀，如同它塑造了生命。
你愛的人在你還愛著他的時候死去，
那就是一種用永誌不渝的愛，否則愛一定會漸漸凋萎。

地獄，就是天堂加上了死亡。

地獄就在那裡等著我們去經歷。唯一能逃過的人，是那些掙脫生命的人。

我的世界的奧祕所在，是不以人的永生來想像上帝。

讓一個人對自己產生正面的形象，比起要他不斷正視自己的缺點會更有幫助。

並非我要放棄生命和一切（我無法這麼做），而是一切和生命放棄了我。
我的青春正離我而去，這就是生病的感覺。

孤單不是悲劇，無法孤單才是。
有時候為了不要再和這個人世有所關連，我願意放棄一切。

如果這個世界是清晰可辨的，藝術就不會存在。
如果我覺得這個世界是有意義的，我就毋須寫了。

這個世界讓人安慰的是，沒有無止境的苦痛。
一個苦痛過去了，一個喜悅就會來臨。

人的首要能力，便是遺忘。

我最終還是選擇自由。因為就算正義未實現，自由仍然可以繼續對抗不公義，讓訊息得以傳遞下去。

革命必須接受它本身的暴力成分，否則便失去了它存在的價值。

讓人感到難過的是自以為在伸張正義，結果卻是造成更多的不義。

把這世界的不幸往自己身上攬，是一種應該受懲罰的驕傲。

人沒有絕望的好理由要怎麼活。

愛情把什麼東西加入欲望裡？是一種無價珍寶，友誼。

人到了四十歲，便可以接受將自己的某個部分加以銷毀。

那些真的有東西要說的人，永遠不會把它說出來。

小說與劇本

人們死了，但是並不快樂。

幸福不是一切，人還有責任。

我知道這世界無我容身之處，但是你憑什麼審判我的靈魂？

面對人類無人性的部分，我們不安；面對我們自己的真面目，我們恐懼。

生命教我們的是，荒謬與矛盾。

做選擇並不困難，但根本無從選擇，因此就產生痛苦。

卡繆小說與劇作中的人物角色充滿各種怪誕表現，反映了現實的荒謬，同時也極力呈現透過絕望以尋找生命意義。

「一切都是注定的」，不表示不可以反抗。

§

沒有思想的人總是一個希望趕赴一個希望，庸碌一生。

§

有人為了活而生，有人則為了愛而生。

§

「希望」最動人的時刻，是人們逃出自我圈限的時刻。

§

我堅持等待著，儘管我不確定自己究竟在等待什麼。

§

不被愛是可怕的厄運，不愛人則是一種不幸。

§

在暗淡的酒館裡，我找到了避難之處，
在一張張喚不出名字的面孔下，我辨識出自己的年歲。

§

在人類最瘋狂的歲月中，在層層的記憶中，這片天空從未棄我而去。

一個想要重生的人，需要一個家園，或是一種謙卑，
不然他就是要懂得自我遺忘。

對未來的真正慷慨，是把一切都獻給現在。

生命若沒有絕望的體驗，就沒有熱愛的感受。

嚴冬來臨時，我才發現我內心有個無法征服的夏日。

走向那些被壓迫的人吧，因為他們需要別人的支持才能期待希望的實現。

我們確實是為了一種超乎道德的東西而活著。

評論與雜文集

我反抗，因此我存在。

在我作品的核心，總有一顆不滅的太陽。

別人的原則與相反的意見，同樣有存在的權利。

一旦手段被認為是正當的，原則和價值就變了。

沒有目的和原則的戰爭，只會造成虛無主義者的勝利。

當你為真理而戰時，別讓你的武器殺害了真理。

法律的最後公理是道德。

卡繆認為與其追求天堂的恩澤還不如在人間盡責。他強調要反抗不合理的處境，正視荒謬，而非逃避它。

當那些被迫說謊的人選擇沉默以前，他們都在用力嘶吼著真理兩個字。

反抗的力量加上自由的價值，會帶給人們許多生存的理由。

知識分子最重要的任務是去創作，不逃避現實時代的難題而創作。

作為一個人，對於生活中無法避免的厭惡，我們必須無畏地去面對它。

不同的思想可以促成進步，而非單一的意識形態。

人皆有生存的欲望，但如果認為那種欲望將主宰人的一切，那是不可能的。

就存在而言，要把我們的處境當成客體，把自我當成主體，而且不能屈從於這個時代的環境。

我認為最大的危險裡藏著最大的希望。

§

美，從來不會奴役任何人。

§

在這世上，也許藝術家只能在熱烈的戰鬥中發現到和平。

§

在這個時代的戰鬥中，我總是站在頑強的那一邊，
也就是站在對榮耀從來都不失望的那一邊。

§

請不要走在我前面，因為我不喜歡跟隨；
請不要走在我後面，因為我不愛領導；
我只期待，與我同行。

心得筆記

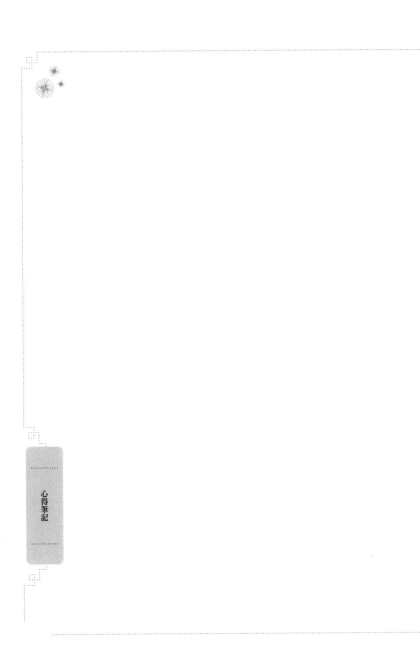

心得筆記

心得筆記

心得筆記

心得筆記

國家圖書館出版品預行編目資料

薛西弗斯的神話　卡繆Albert Camus 著　沈台訓 譯 初版. --
臺北市：商周出版：家庭傳媒城邦分公司發行
2015.7　面；　公分

譯自：Le mythe de sisyphe

978-986-272-811-6 (精裝)

876.6　　104008142

哲學人 18

薛西弗斯的神話

原著書名／Le mythe de sisyphe
作　　者／卡繆Albert Camus
譯　　者／沈台訓
責任編輯／陳玳妮

版　　權／林心紅
行銷業務／李衍逸、黃崇華
總 編 輯／楊如玉
總 經 理／彭之琬
發 行 人／何飛鵬
法律顧問／台英國際商務法律事務所 羅明通律師
出　　版／商周出版
台北市南港區昆陽街16號4樓
電話：(02) 25007008　傳真：(02)25007759
E-mail：bwp.service@cite.com.tw
Blog：http://bwp25007008.pixnet.net/blog
發　　行／英屬蓋曼群島商家庭傳媒股份有限公司城邦分公司
台北市南港區昆陽街16號8樓
書虫客服服務專線：(02)25007718；(02)25007719
服務時間：週一至週五上午09:30-12:00；下午13:30-17:00
24小時傳真專線：(02)25001990；(02)25001991
劃撥帳號：19863813；戶名：書虫股份有限公司
讀者服務信箱：service@readingclub.com.tw
城邦讀書花園：www.cite.com.tw
香港發行所／城邦（香港）出版集團有限公司
香港九龍土瓜灣土瓜灣道86號順聯工業大廈6樓A室
E-mail：hkcite@biznetvigator.com
電話：(852) 25086231 傳真：(852) 25789337
馬新發行所／城邦（馬新）出版集團【Cite (M) Sdn. Bhd.】
41, Jalan Radin Anum, Bandar Baru Sri Petaling,
57000 Kuala Lumpur, Malaysia.
Tel: (603) 90578822　Fax: (603) 90576622
Email: cite@cite.com.my

封面設計／許晉維
排　　版／極翔企業有限公司
印　　刷／卡樂彩色製版印刷有限公司
總 經 銷／高見文化行銷股份有限公司
電話：(02)26689005　傳真：(02)26689790　客服專線：0800-055-365

■2015年7月7日初版
■2024年8月20日初版11刷
定價340元

Printed in Taiwan

城邦讀書花園
www.cite.com.tw

 ISBN 978-986-272-811-6

商周出版

廣　告　回　函	
北區郵政管理登記證	
北臺字第000791號	
郵資已付，免貼郵票	

104　台北市民生東路二段141號2樓

英屬蓋曼群島商家庭傳媒股份有限公司城邦分公司　收

請沿虛線對摺，謝謝！

商周出版

書號：BP6018C　　書名：薛西弗斯的神話　　編碼：

請於此處用膠水黏貼

商周出版

讀者回函卡

感謝您購買我們出版的書籍！請費心填寫此回函卡，我們將不定期寄上城邦集團最新的出版訊息。

不定期好禮相贈！
立即加入：商周出版
Facebook 粉絲團

姓名：＿＿＿＿＿＿＿＿＿＿ 性別：☐男 ☐女

生日：西元＿＿＿＿年＿＿＿＿月＿＿＿＿日

地址：＿＿＿＿＿＿＿＿＿＿

聯絡電話：＿＿＿＿＿＿＿＿ 傳真：＿＿＿＿＿＿＿＿

E-mail：

學歷：☐ 1. 小學 ☐ 2. 國中 ☐ 3. 高中 ☐ 4. 大學 ☐ 5. 研究所以上

職業：☐ 1. 學生 ☐ 2. 軍公教 ☐ 3. 服務 ☐ 4. 金融 ☐ 5. 製造 ☐ 6. 資訊
☐ 7. 傳播 ☐ 8. 自由業 ☐ 9. 農漁牧 ☐ 10. 家管 ☐ 11. 退休
☐ 12. 其他＿＿＿＿＿＿＿＿

您從何種方式得知本書消息？
☐ 1. 書店 ☐ 2. 網路 ☐ 3. 報紙 ☐ 4. 雜誌 ☐ 5. 廣播 ☐ 6. 電視
☐ 7. 親友推薦 ☐ 8. 其他＿＿＿＿＿＿＿＿

您通常以何種方式購書？
☐ 1. 書店 ☐ 2. 網路 ☐ 3. 傳真訂購 ☐ 4. 郵局劃撥 ☐ 5. 其他＿＿＿＿

您喜歡閱讀那些類別的書籍？
☐ 1. 財經商業 ☐ 2. 自然科學 ☐ 3. 歷史 ☐ 4. 法律 ☐ 5. 文學
☐ 6. 休閒旅遊 ☐ 7. 小說 ☐ 8. 人物傳記 ☐ 9. 生活、勵志 ☐ 10. 其他

對我們的建議：＿＿＿＿＿＿＿＿＿＿

請於此處用膠水黏貼